O CORVO
THE RAVEN

Edgar Allan Poe

O CORVO

• THE RAVEN •

Publicado pela primeira vez em 1845

Ilustrações de
James Carling

Tradução de
Thereza Christina Rocque Da Motta

Veríssimo

COPYRIGHT DA TRADUÇÃO © 2013, 2015 THEREZA CHRISTINA
ROCQUE DA MOTTA

COPYRIGHT © FARO EDITORIAL, 2023

Todos os direitos reservados.
Nenhuma parte deste livro pode ser reproduzida sob quaisquer
meios existentes sem autorização por escrito do editor.

VERÍSSIMO é um selo da FARO EDITORIAL.

Diretor editorial PEDRO ALMEIDA
Coordenação editorial CARLA SACRATO
Capa REBECCA BARBOZA
Projeto gráfico OSMANE GARCIA FILHO
Imagens internas JAMES CARLING
Ilustrações dos corvos KHIUS | SHUTTERSTOCK

Dados Internacionais de Catalogação na Publicação (CIP)
Angélica Ilacqua CRB-8/7057

Poe, Edgar Allan, 1809-1849
    The Raven / Edgar Allan Poe ; ilustrações de James Carling ; tradução de Thereza Christina Rocque da Motta— São Paulo : Faro Editorial, 2023.
    96 p.

    ISBN 978-65-5957-366-0
    Título original: The raven

    1. Poesia norte-americana I. Título II. Carling, James III. Motta, Thereza Christina Rocque da

20-3690   CDD 811

Índice para catálogo sistemático:
1. Poesia norte-americana   811

Veríssimo

2ª edição brasileira: 2023
Direitos de edição em língua portuguesa, para o Brasil, adquiridos por FARO EDITORIAL

Avenida Andrômeda, 885 — Sala 310
Alphaville — Barueri — SP — Brasil
CEP: 06473-000
www.faroeditorial.com.br

Nota da Tradutora

Edgar Allan Poe justificou que escreveu o poema "O Corvo" para provar que é possível fazer literatura apenas com o intuito de exercício, sem inspiração emocional, apenas seguindo regras de composição métrica.

Por mais distante que se esteja do assunto que escolhemos, há um fascínio pelo tema, que, de algum modo, nos comove, mesmo inconscientemente e, ao nos aproximarmos, percebemos quanto estamos próximos e quanto nos assombra.

A leitura deste poema me fascina desde os dez anos, quando tive chance de lê-lo numa aula de inglês e, de forma direta ou indireta, sempre voltamos ao mote "Nunca mais", que Poe alinhava ao final de cada estrofe.

O poema construído em 108 versos divididos em 18 estrofes, já foi traduzido de todos os modos, em prosa, em verso, como soneto, com linhas mais longas ou mais curtas, dependendo do estilo escolhido pelo tradutor.

Entre estes tradutores estão Machado de Assis, Fernando Pessoa, Jorge Wanderley e Alexei Bueno, apenas para citar alguns, como constam da antologia de traduções de "O Corvo", organizada por Ivo Barroso.

Estes e outros tradutores, além de Baudelaire e Mallarmé, para o francês, tentaram e conseguiram, de todo modo, traduzir para sua língua a melhor forma de compor este poema de "efeito quase hipnótico" por sua estrutura, como diz Ivo Barroso, lançando mão de todos os recursos para que surtisse o mesmo resultado, ou o mais próximo dele. Porém, o que me atraiu em "O Corvo" não foi a dificuldade da tradução, nem a delicadeza de sua estrutura, formada de rimas internas, externas e aliterações, mas seu conteúdo sombrio, o hálito frio de sua narrativa, o ambiente assombroso em que o narrador, sozinho durante a noite, se depara com um estranho visitante, que lhe traz uma estranha mensagem.

A vida de Poe, que terminou drasticamente, sem maiores explicações aos quarenta anos de idade, por excesso de bebida e desregramento, somou-se ao mistério criado por sua própria obra, cheio de personagens e histórias soturnas. E para completar o clima, legou-nos este precioso poema, que, por si só, é uma cena fantasmagórica e assustadora, para nos falar um pouco do drama que o autor vivia. Podemos não encontrar correspondência completa entre vida e obra, mas algo de cada uma passa para o outro lado.

A tradução que fiz, menos formal, busca o mesmo clima tenso e instigante que o poema em inglês incita, com a ordenação de sentidos e palavras, respiração e ritmo, para que a narrativa se torne a mais fiel possível ao que Poe escreveu, deixando de lado o formalismo que o português não comporta. Mesmo a tradução mais festejada de Milton Amado, como aponta a antologia de Ivo Barroso, tem uma cadência austera e uma escolha de palavras que assusta o leitor.

O sentido, mais do que a forma, deve falar mais alto. É isso que busca o leitor que não domina um idioma, o que realmente um poema quer dizer. A beleza estética nunca está acima do sentido. E, da mesma forma que a beleza está no olho de quem vê, a leitura deve ser sobremaneira compreensível.

Thereza Christina Rocque da Motta

THE RAVEN

O CORVO

Once upon a midnight dreary, while I pondered, weak and weary,

Over many a quaint and curious volume of forgotten lore,

While I nodded, nearly napping, suddenly there came a tapping,

As of someone gently rapping, rapping at my chamber door.

"'Tis some visitor," I muttered "tapping at my chamber door;

Only this, and nothing more."

Numa meia-noite assombrosa, enquanto lia, fraco e fatigado,

Quase adormecido, um curioso livro de uma esquecida filosofia,

De repente, ouvi um toque, uma leve batida, roçando à porta do meu quarto.

"É um visitante", murmurei, "que bate à minha porta.

Apenas isso, e nada mais".

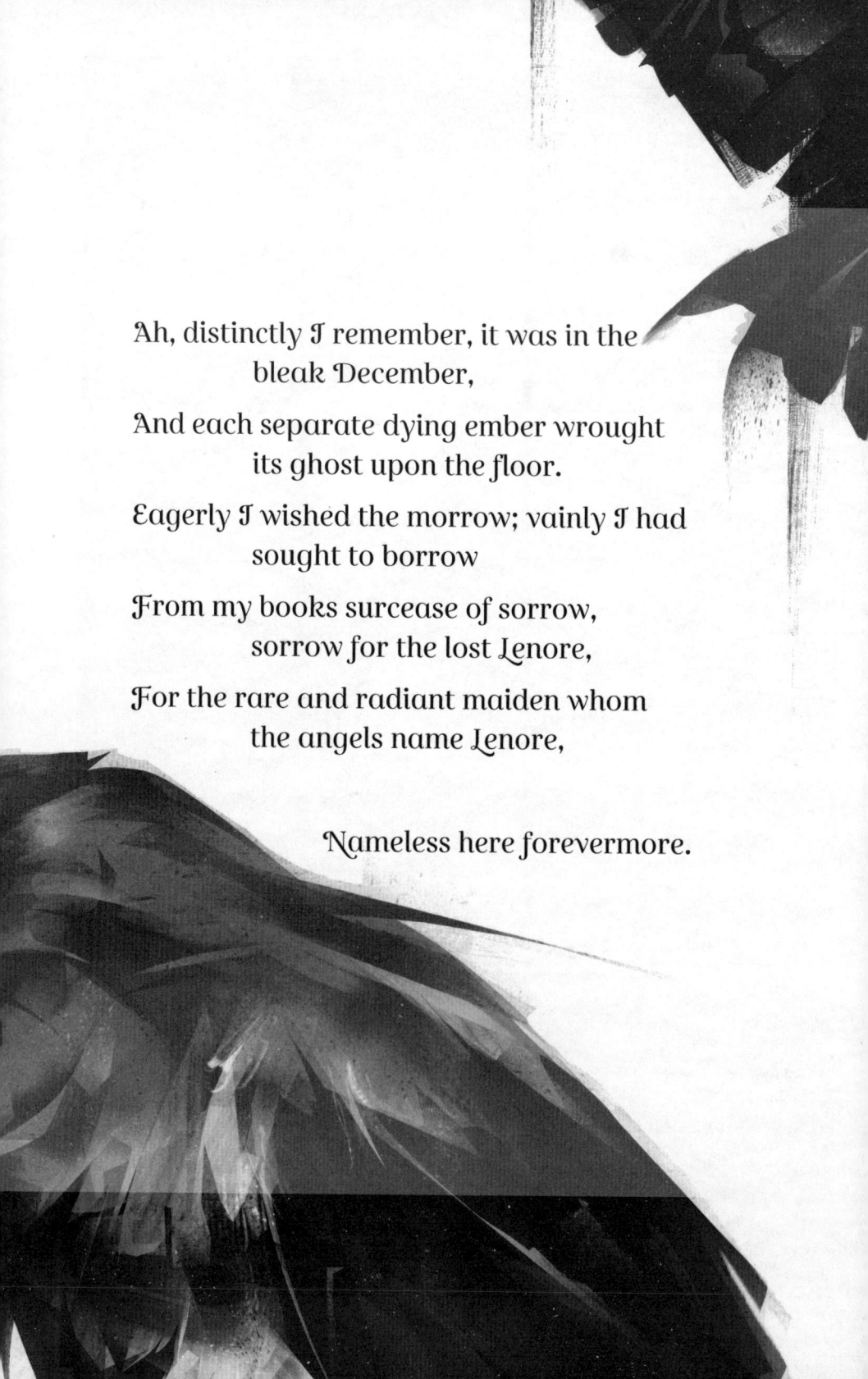

Ah, distinctly I remember, it was in the bleak December,

And each separate dying ember wrought its ghost upon the floor.

Eagerly I wished the morrow; vainly I had sought to borrow

From my books surcease of sorrow, sorrow for the lost Lenore,

For the rare and radiant maiden whom the angels name Lenore,

Nameless here forevermore.

Ah, lembro-me claramente, era um lúgubre dezembro,

E cada brasa que morria lançava uma sombra no chão.

Súbito, ansiei pela manhã; em vão, buscara, em meu livro,

Um alento para a minha dor — a dor de haver perdido Lenore —

A rara e radiosa dama que os anjos chamam Lenore —

Mas aqui não chamam mais.

And the silken sad uncertain rustling of each purple curtain

Thrilled me — filled me with fantastic terrors never felt before;

So that now, to still the beating of my heart, I stood repeating,

"'Tis some visitor entreating entrance at my chamber door,

Some late visitor entreating entrance at my chamber door.

This it is, and nothing more."

O roçar sedoso, triste e incerto das roxas cortinas

Assustou-me — aterrorizando-me como nunca;

E agora, para abrandar as batidas do coração, comecei a repetir:

"É um visitante que em meu quarto quer entrar.

Um visitante tardio que em meu quarto quer entrar.

Apenas isso, e nada mais".

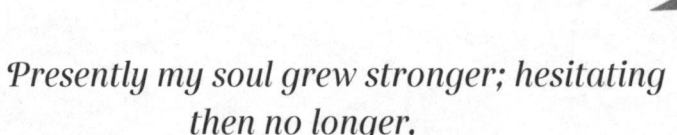

Presently my soul grew stronger; hesitating then no longer,

"Sir," said I, "or madam, truly your forgiveness I implore;

But the fact is, I was napping, and so gently you came rapping,

And so faintly you came tapping, tapping at my chamber door,

That I scarce was sure I heard you." Here I opened wide the door; —

Darkness there, and nothing more.

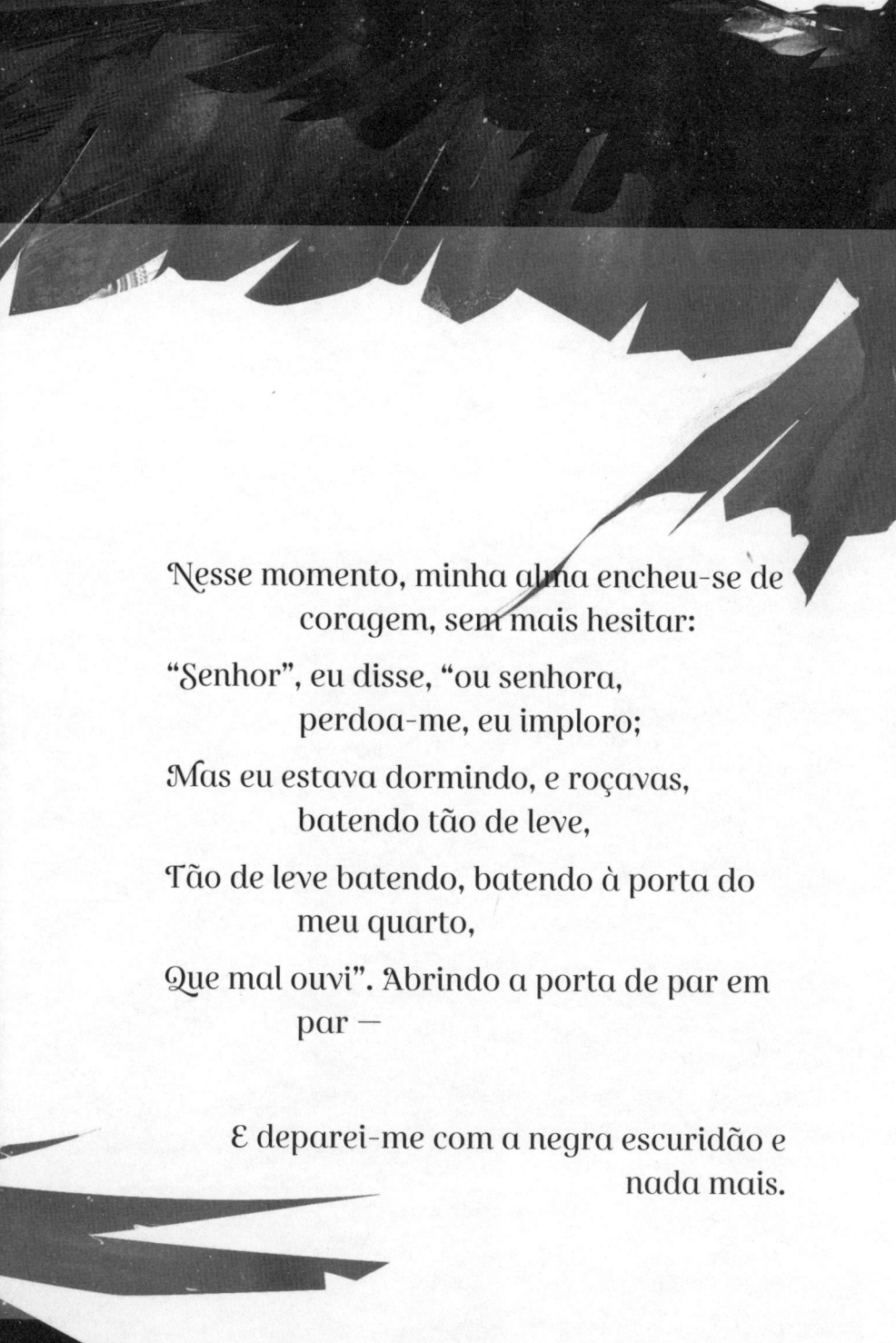

Nesse momento, minha alma encheu-se de coragem, sem mais hesitar:

"Senhor", eu disse, "ou senhora, perdoa-me, eu imploro;

Mas eu estava dormindo, e roçavas, batendo tão de leve,

Tão de leve batendo, batendo à porta do meu quarto,

Que mal ouvi". Abrindo a porta de par em par —

E deparei-me com a negra escuridão e nada mais.

Deep into the darkness peering, long I stood there, wondering, fearing

Doubting, dreaming dreams no mortals ever dared to dream before;

But the silence was unbroken, and the stillness gave no token,

And the only word there spoken was the whispered word,

'Lenore!', This I whispered, and an echo murmured back the word,

"Lenore!" — Merely this, and nothing more.

Olhando o negrume, fiquei ali por muito tempo, pensando, temendo,

Duvidando, sonhando o que os mortais jamais ousaram sonhar;

Mas o silêncio continuava, e se mantinha inquebrantado,

E a única palavra que se ouviu foi um sussurro:

"Lenore!", que murmurei, e um eco devolveu-me seu nome:

"Lenore!" — Apenas isso, e nada mais.

Back into the chamber turning, all my soul within me burning,

Soon again I heard a tapping, something louder than before,

"Surely," said I, "surely, that is something at my window lattice.

Let me see, then, what thereat is, and this mystery explore.
Let my heart be still a moment, and this mystery explore."

"'Tis the wind, and nothing more."

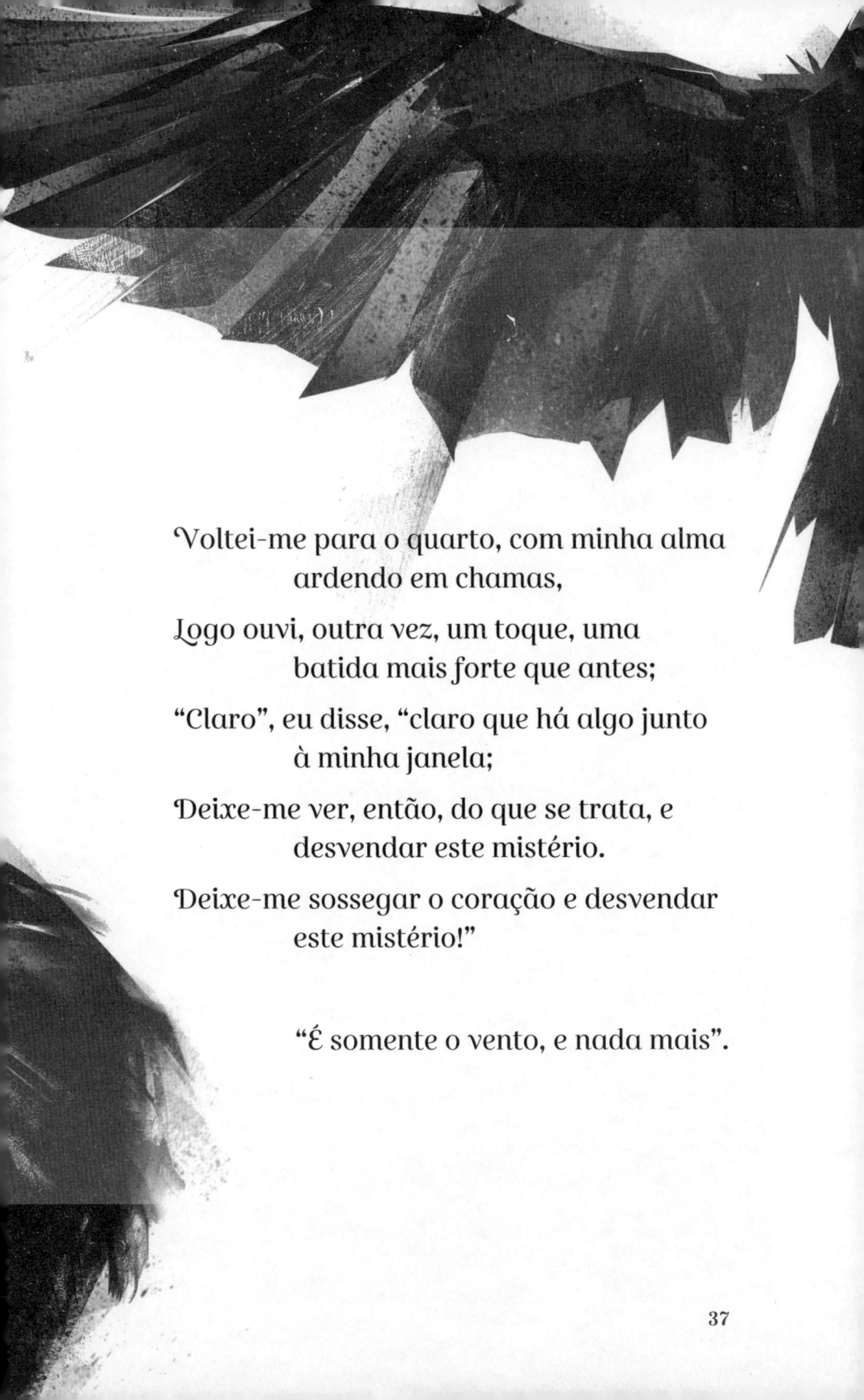

Voltei-me para o quarto, com minha alma
 ardendo em chamas,

Logo ouvi, outra vez, um toque, uma
 batida mais forte que antes;

"Claro", eu disse, "claro que há algo junto
 à minha janela;

Deixe-me ver, então, do que se trata, e
 desvendar este mistério.

Deixe-me sossegar o coração e desvendar
 este mistério!"

"É somente o vento, e nada mais".

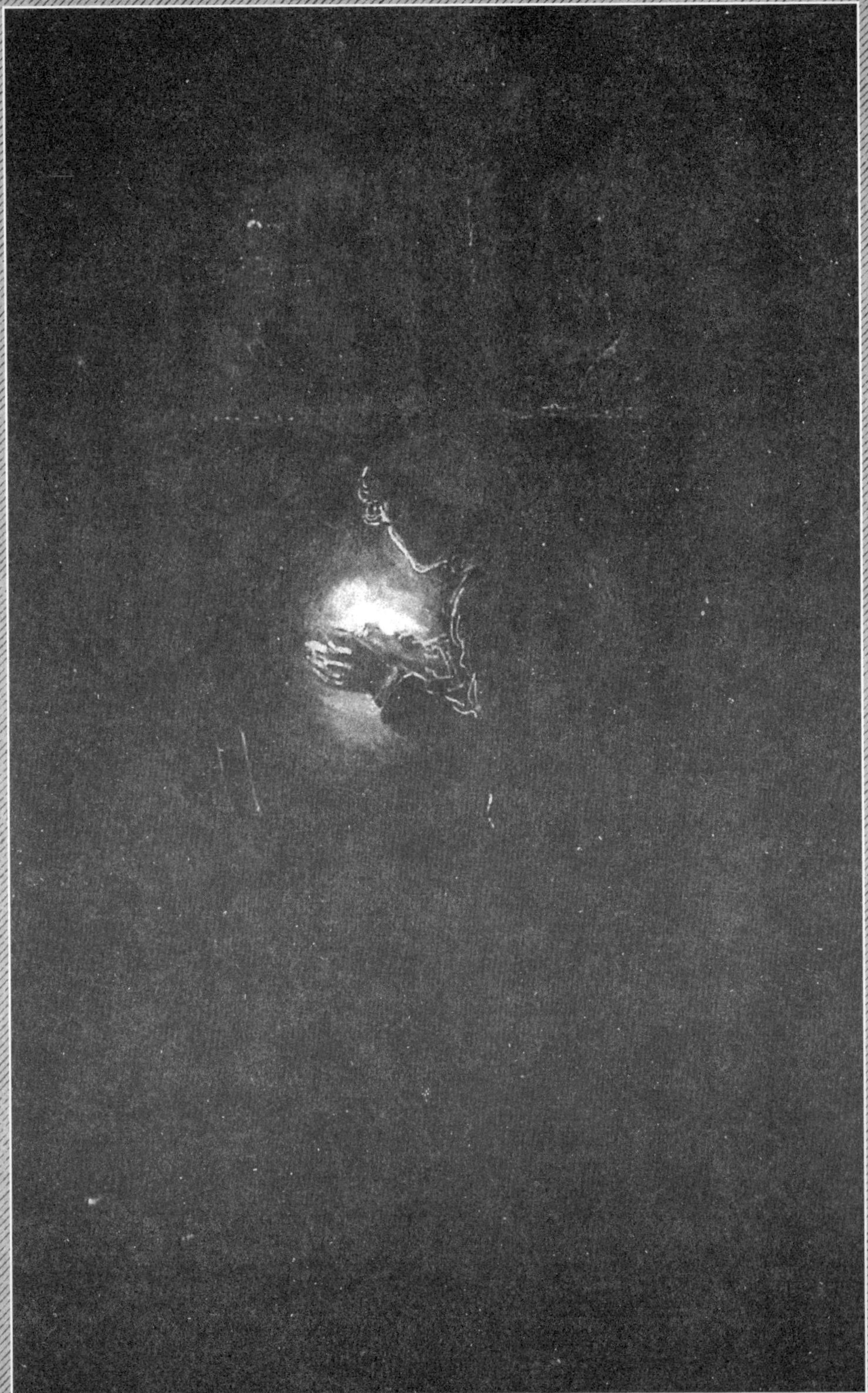

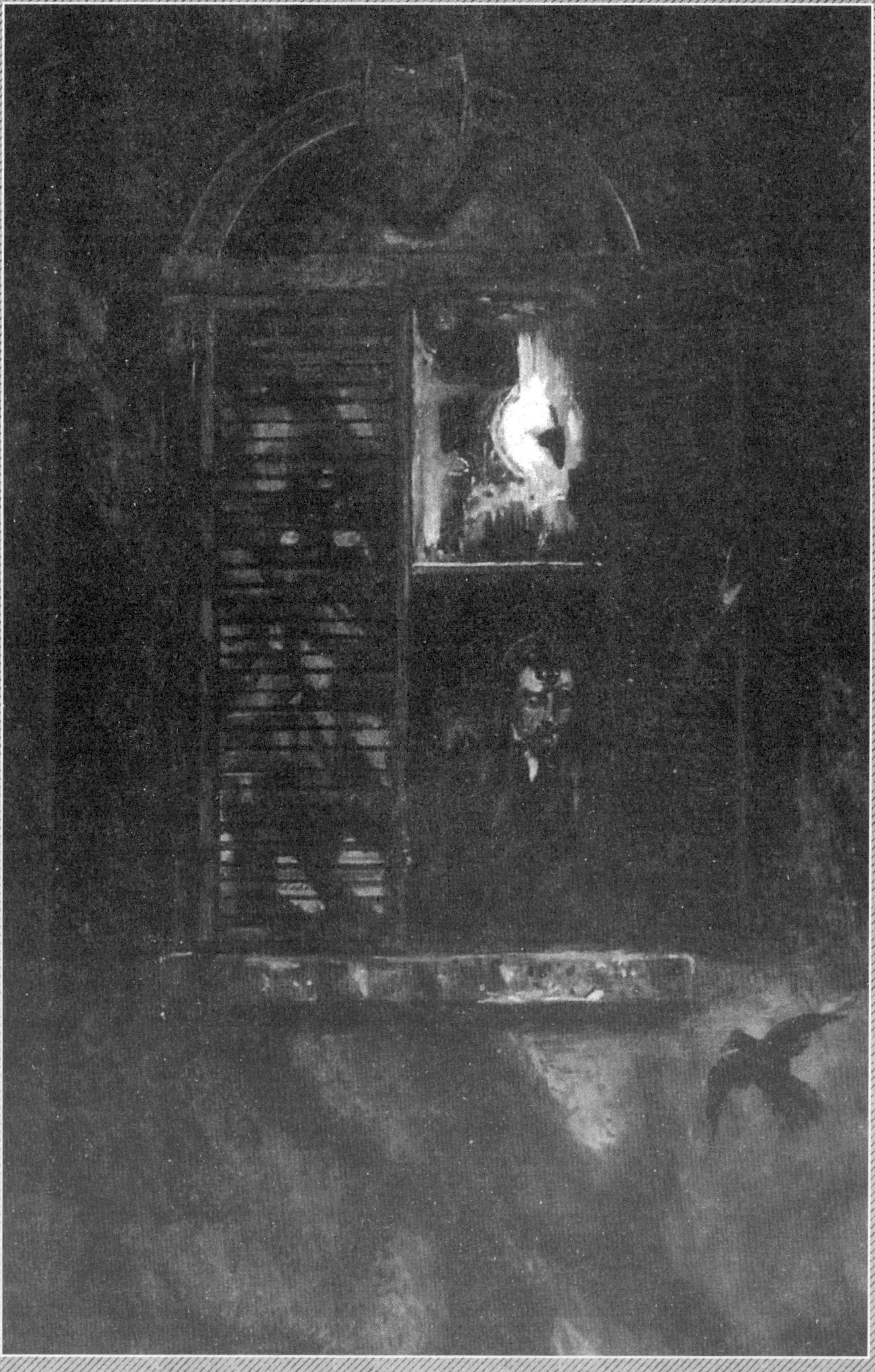

Open here I flung the shutter, when, with
    many a flirt and flutter,

In there stepped a stately raven, of the
    saintly days of yore.

Not the least obeisance made he not a
    minute stopped or stayed he;

But with mien of lord or lady, perched above
    my chamber door.

Perched upon a bust of Pallas, just above my
    chamber door,

   Perched, and sat, and nothing more.

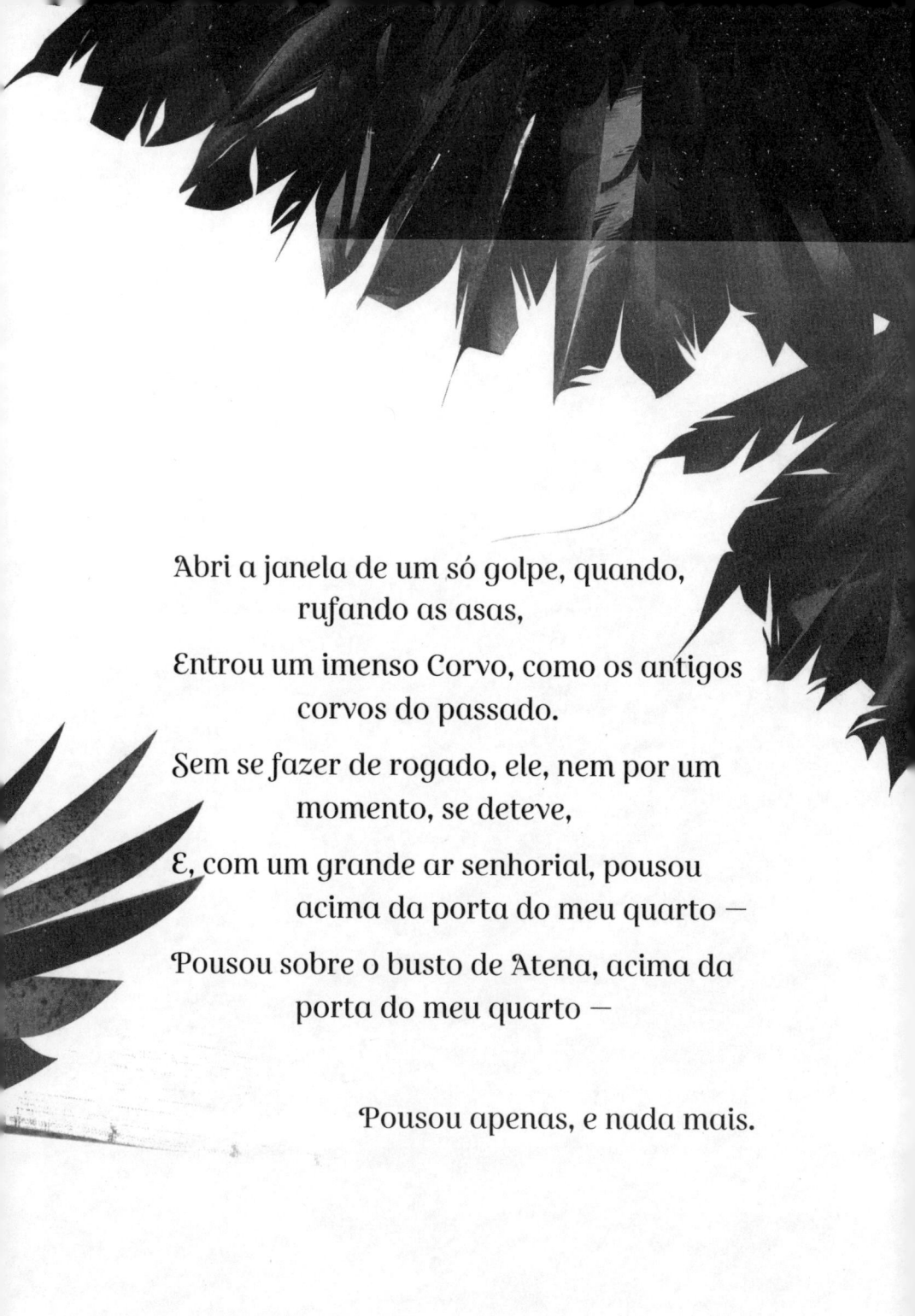

Abri a janela de um só golpe, quando, rufando as asas,

Entrou um imenso Corvo, como os antigos corvos do passado.

Sem se fazer de rogado, ele, nem por um momento, se deteve,

E, com um grande ar senhorial, pousou acima da porta do meu quarto —

Pousou sobre o busto de Atena, acima da porta do meu quarto —

Pousou apenas, e nada mais.

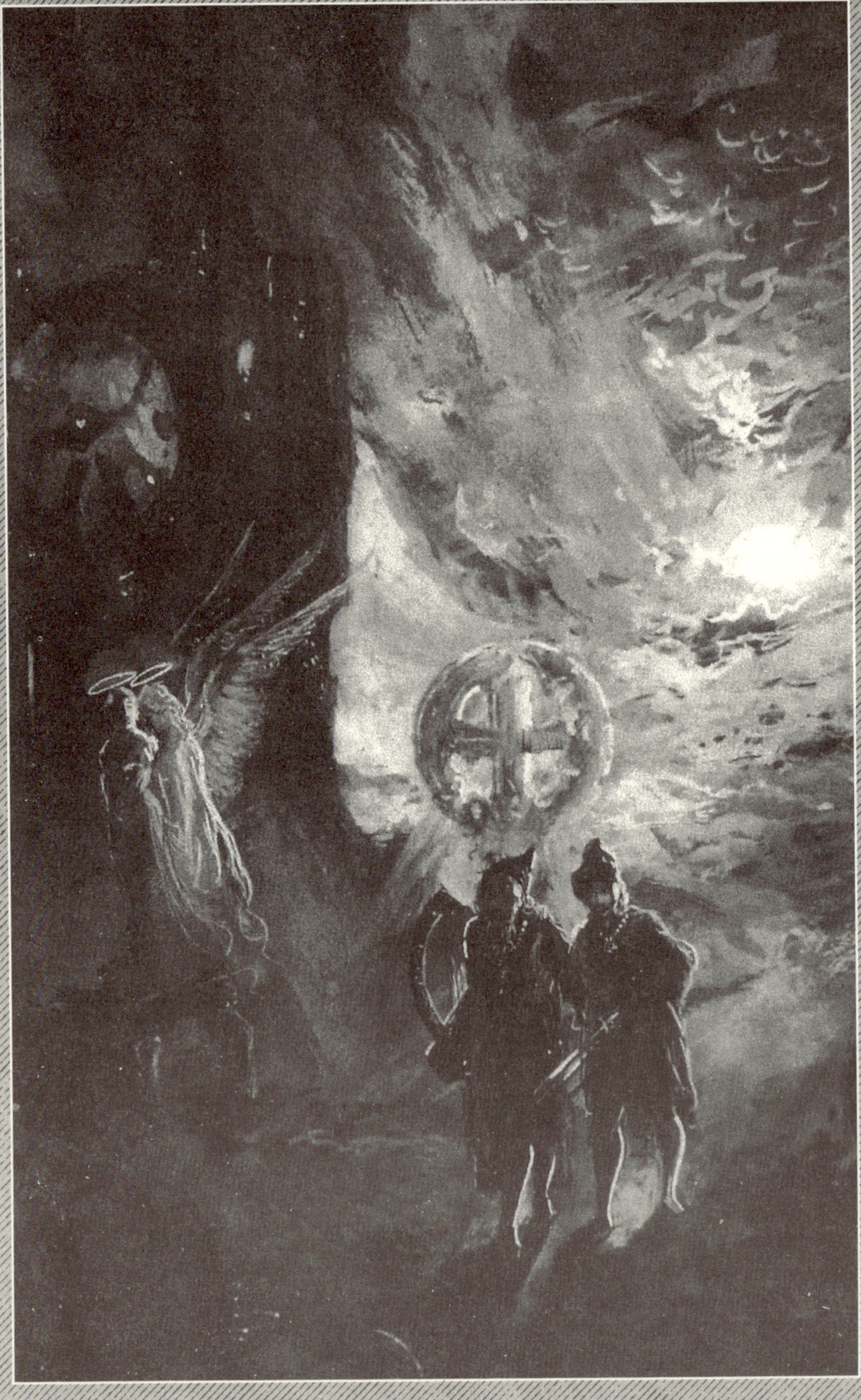

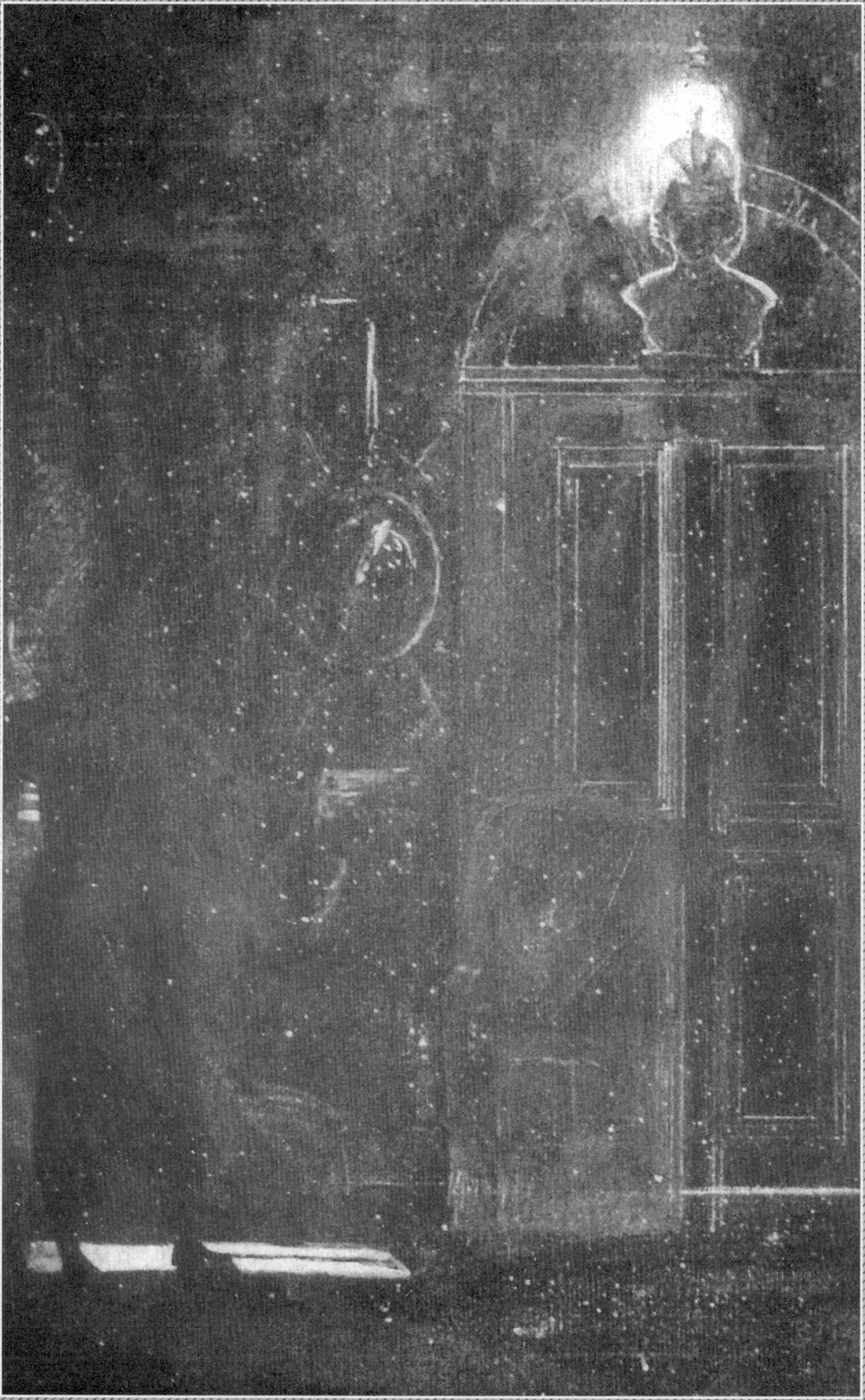

Then this ebony bird beguiling my sad fancy into smiling,

By the grave and stern decorum of the countenance it wore,

"Though thy crest be shorn and shaven thou," I said, "art sure no craven,

Ghastly, grim, and ancient raven, wandering from the nightly shore.

Tell me what the lordly name is on the Night's Plutonian shore."

Quoth the raven, "Nevermore."

Então, esse pássaro de ébano, ludibriando minha tristeza,

Pelo ar grave e circunspecto que fazia,

"Embora sua cabeça seja lisa e brilhante", eu disse, "não pareces um severo,

Assustador, terrível e antigo Corvo a sobrevoar a praia, à noite:

Dize-me teu nobre nome, nesta praia, numa Noite de Plutão!"

Retrucou o Corvo: "Nunca mais!"

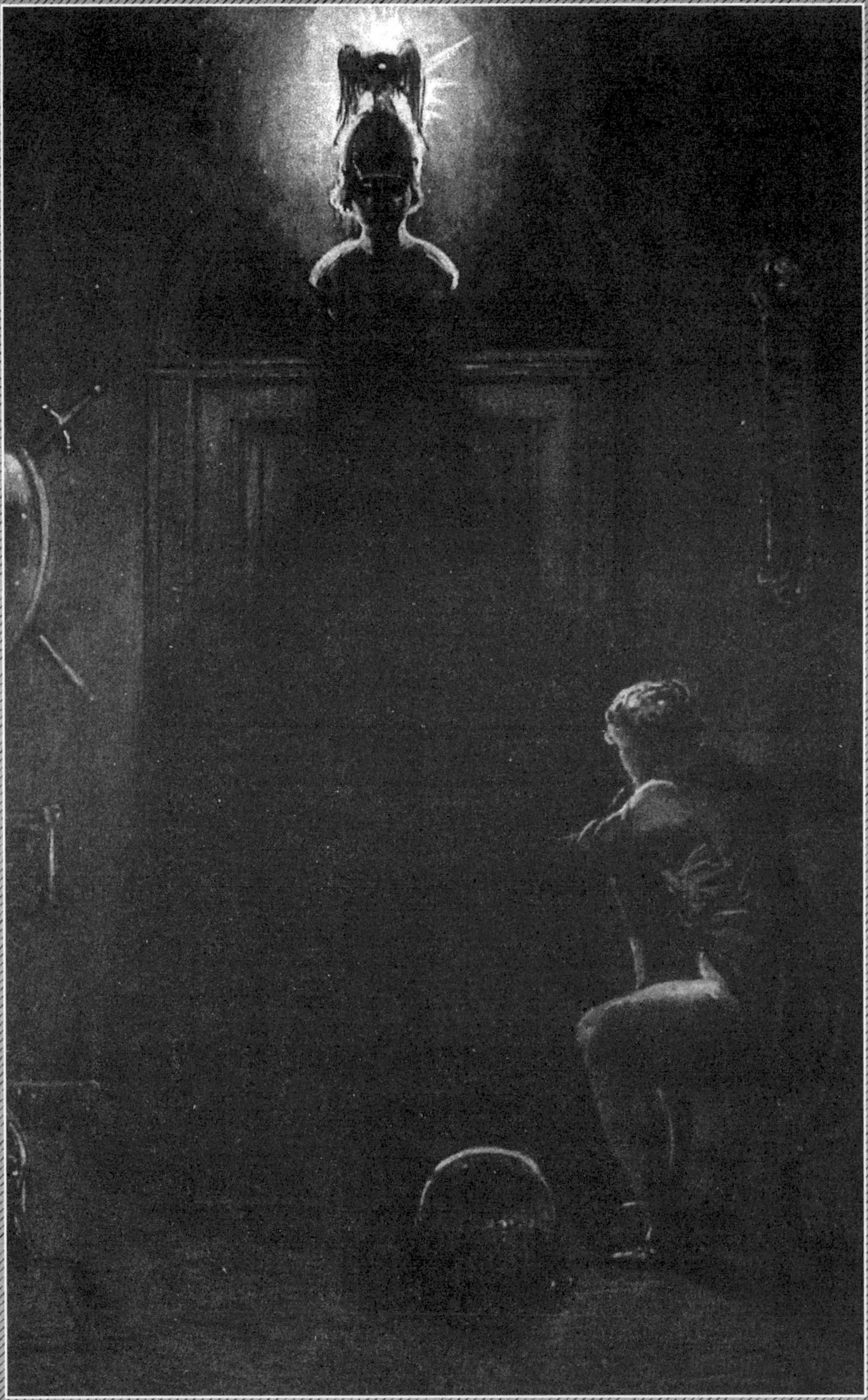

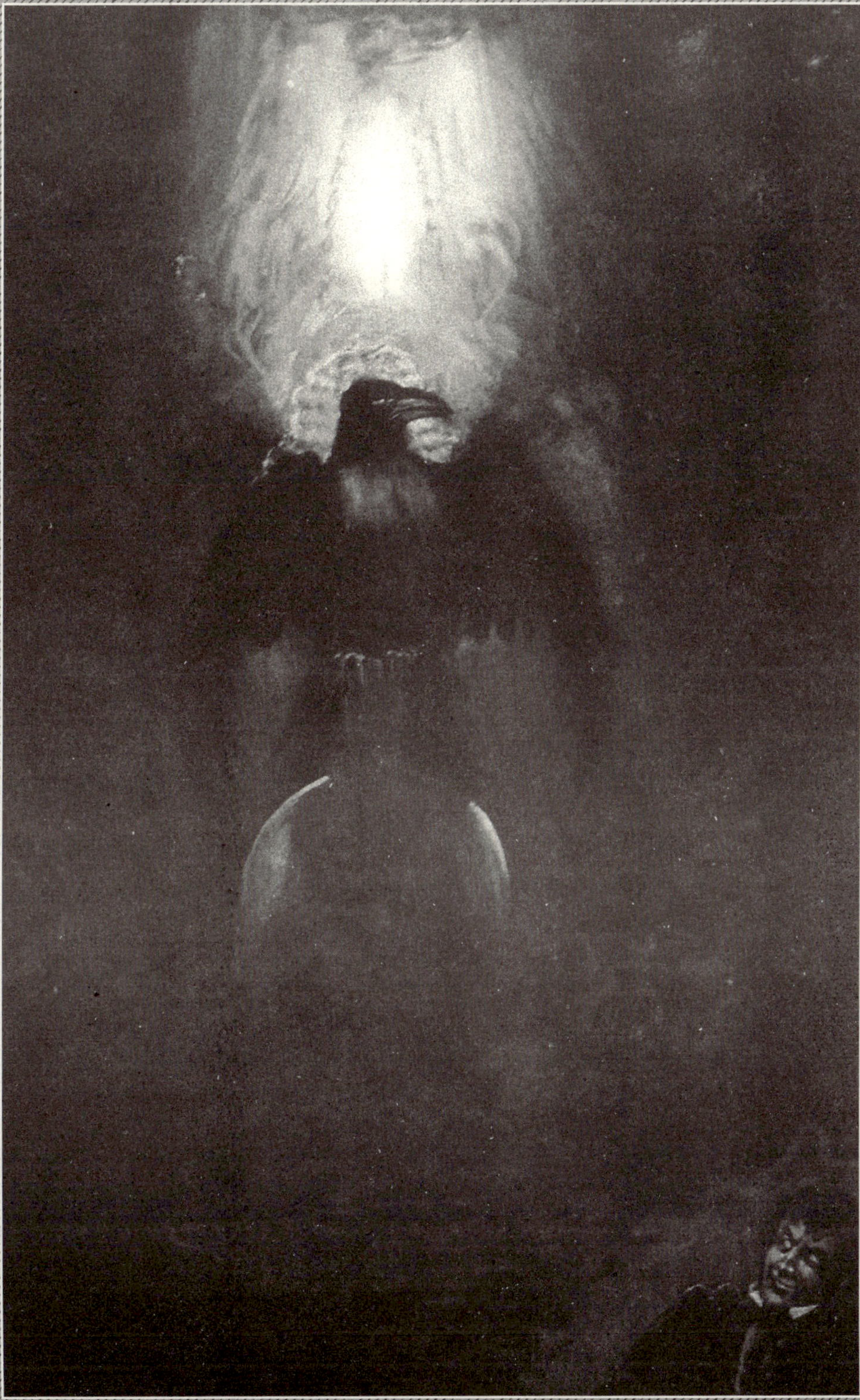

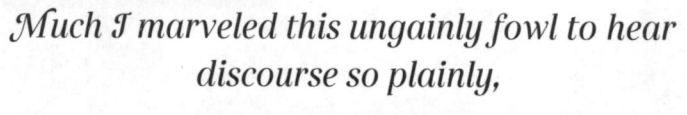

Much I marveled this ungainly fowl to hear discourse so plainly,

Though its answer little meaning, little relevancy bore;

For we cannot help agreeing that no living human being

Ever yet was blessed with seeing bird above his chamber door,

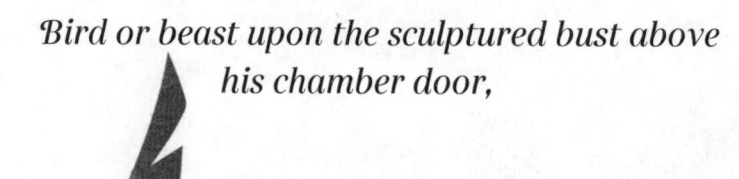

Bird or beast upon the sculptured bust above his chamber door,

With such name as "Nevermore."

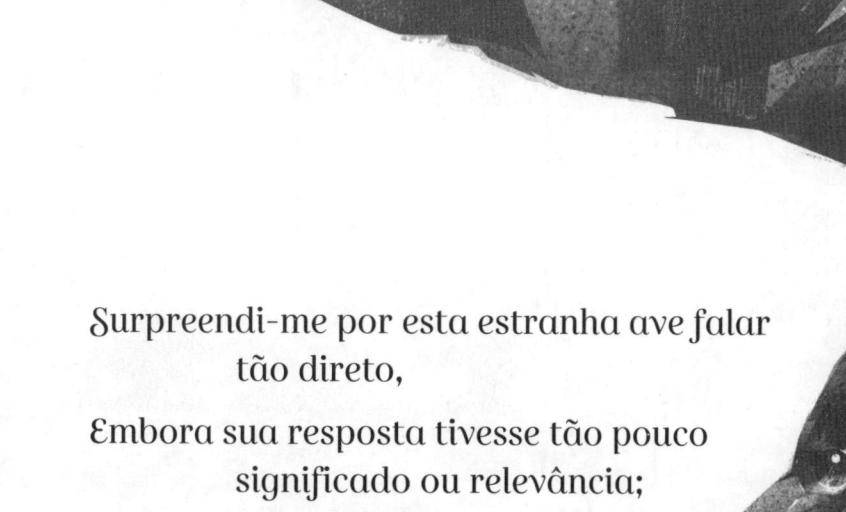

Surpreendi-me por esta estranha ave falar tão direto,

Embora sua resposta tivesse tão pouco significado ou relevância;

Pois não podemos deixar de dizer que nenhum ser humano

Teve a chance de ver um pássaro acima da porta de seu quarto —

Pássaro ou animal, em um busto esculpido, acima da porta de seu quarto —

Que se chamasse "Nunca mais".

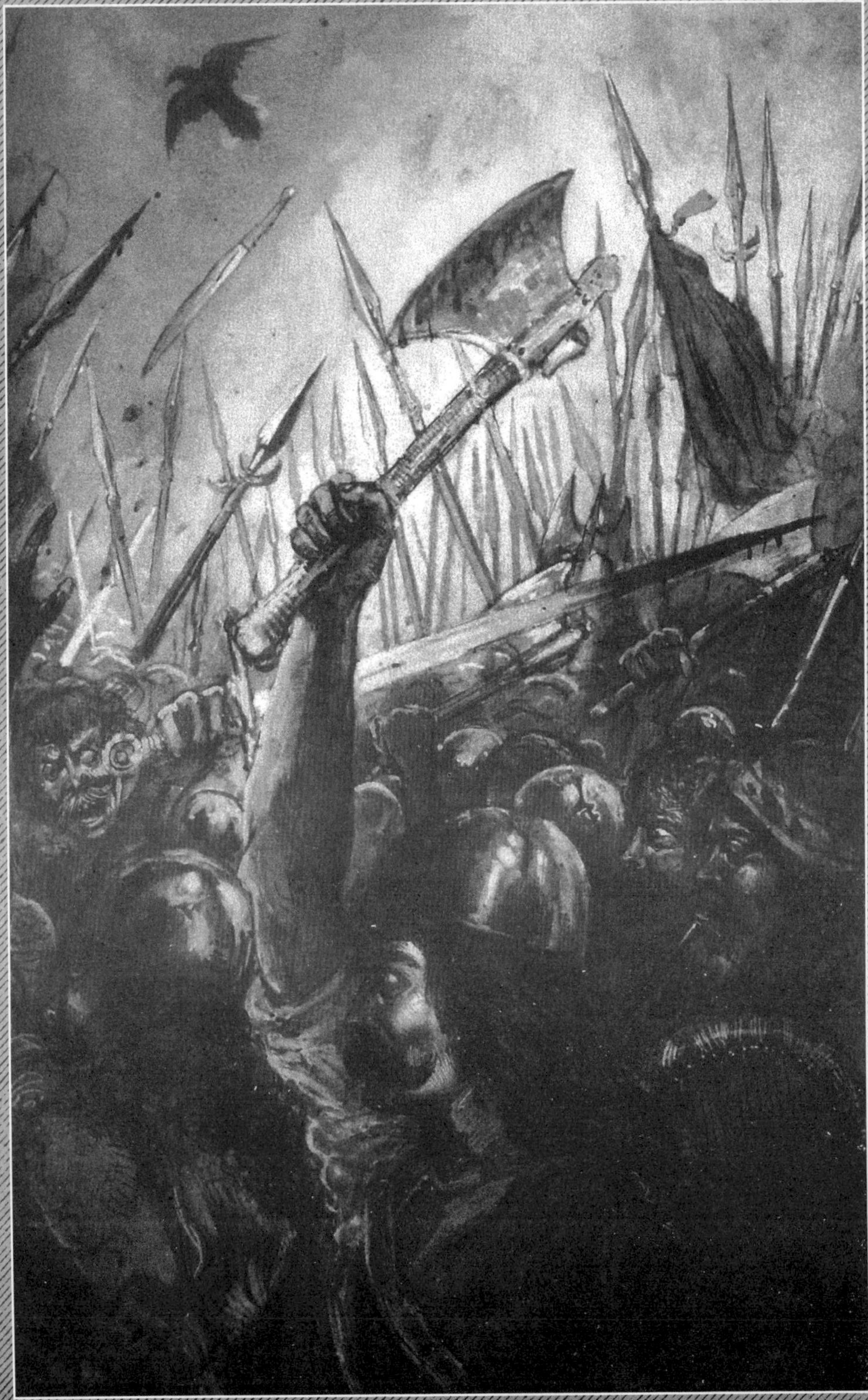

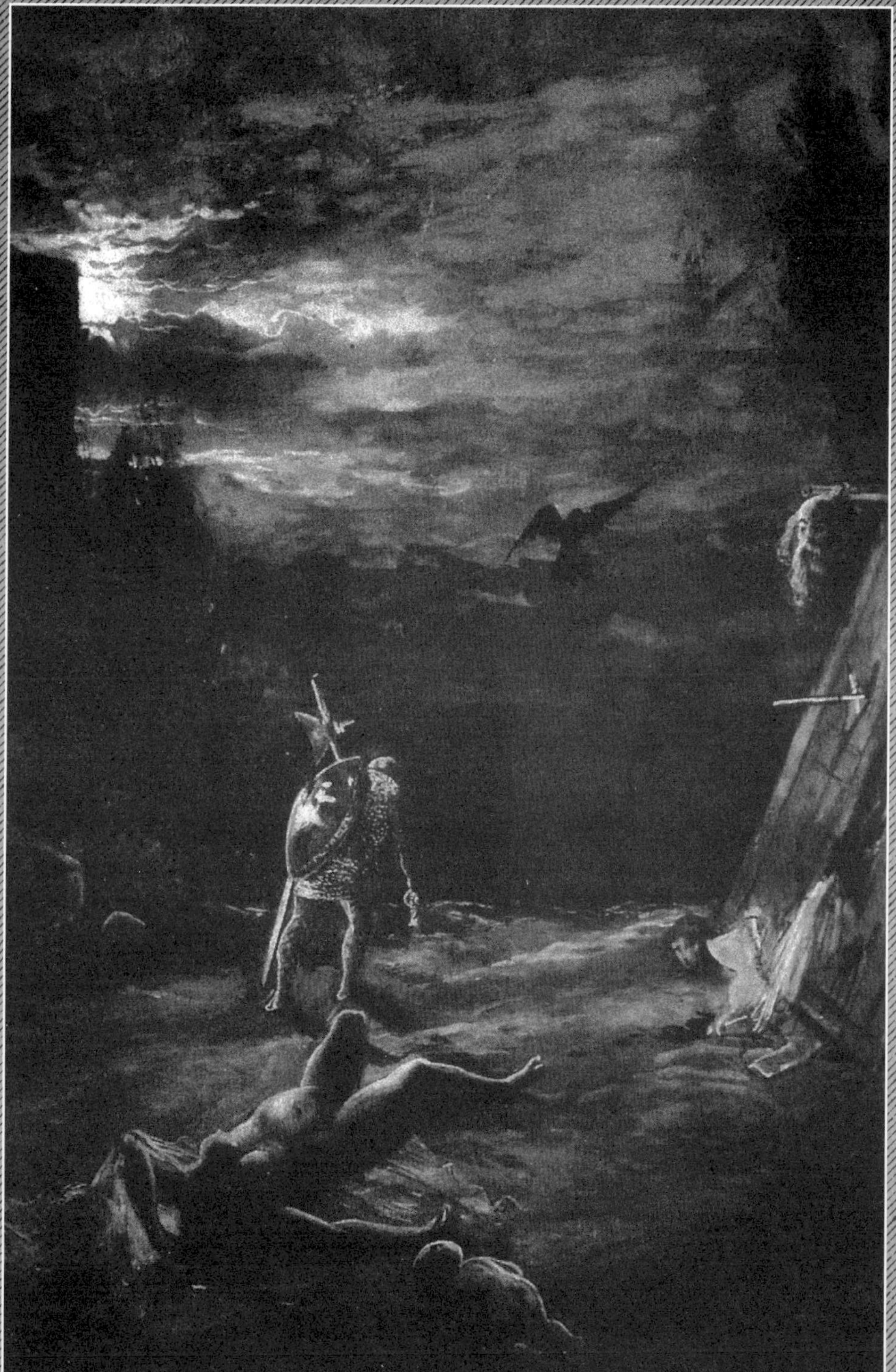

But the raven, sitting lonely on that placid bust, spoke only

That one word, as if his soul in that one word he did outpour.

Nothing further then he uttered; not a feather then he fluttered;

Till I scarcely more than muttered, "Other friends have flown before;

On the morrow he will leave me, as my hopes have flown before."

Then the bird said, "Nevermore."

Mas o Corvo, pousado, solitário, sobre o plácido busto, disse apenas

Essa única palavra, como se nela expirasse toda a sua alma.

Nada mais disse, nem moveu sequer uma pluma;

Até eu mal balbuciar: "Outras aves já se foram:

Pela manhã, ela me deixará, como minhas esperanças já me deixaram".

Então replicou o pássaro: "Nunca mais!"

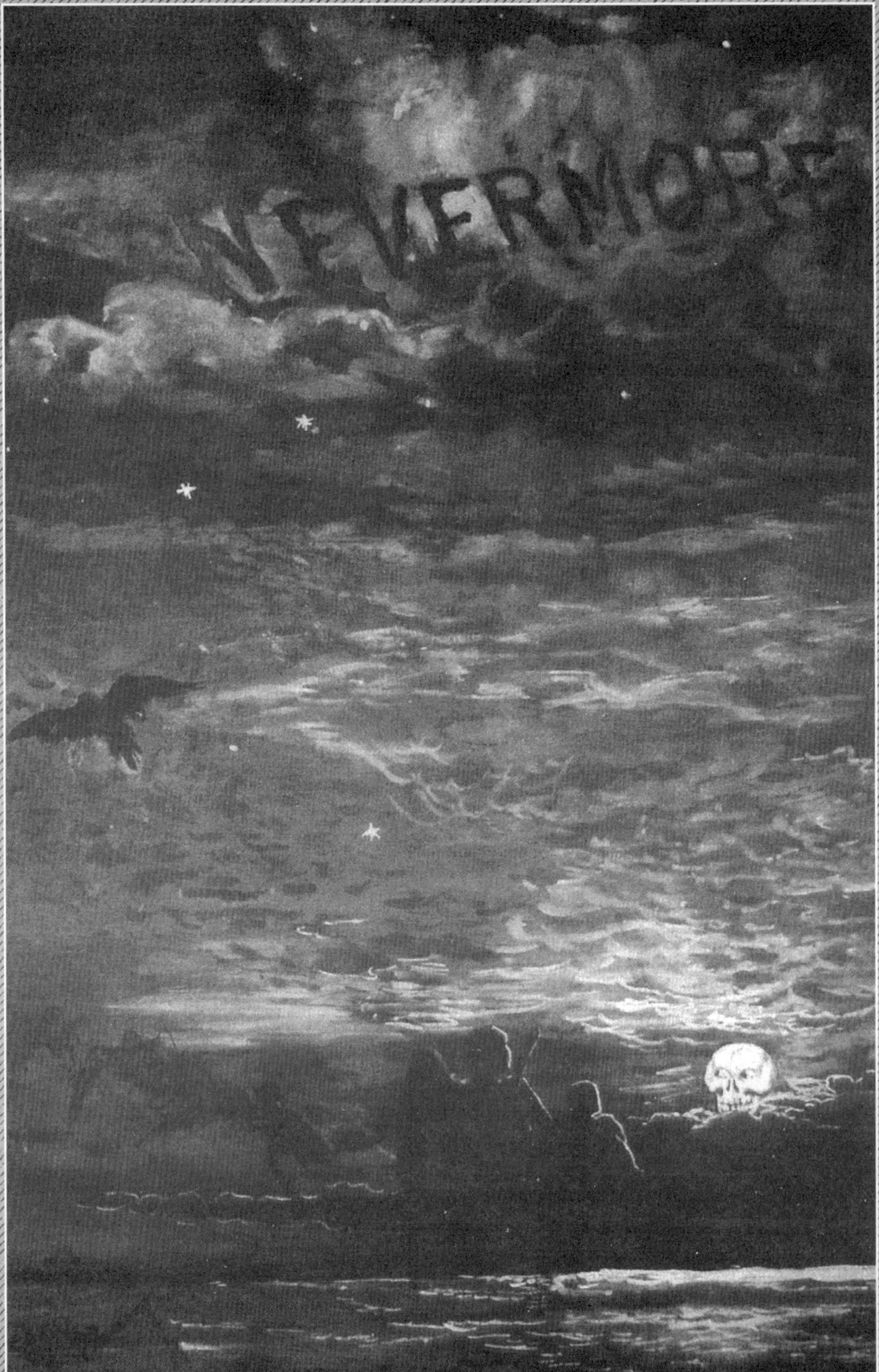
NEVERMORE

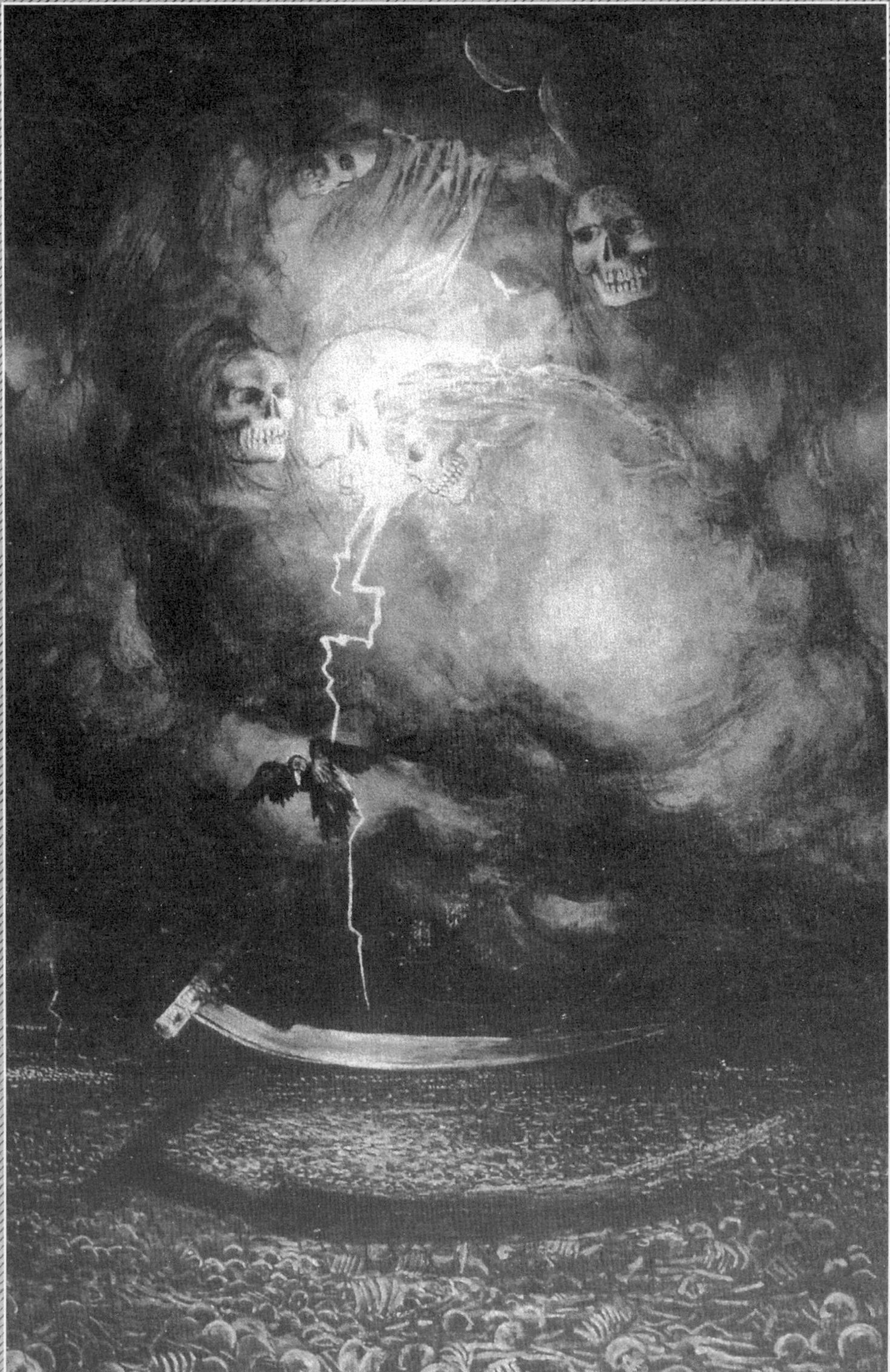

Startled at the stillness broken by reply so aptly spoken,

"Doubtless," said I, "what it utters is its only stock and store,

Caught from some unhappy master, whom unmerciful disaster

Followed fast and followed faster, till his songs one burden bore,—

Till the dirges of his hope that melancholy burden bore

Of "Never — nevermore."

Estarrecido com o silêncio rompido por esta resposta tão brusca,

"Duvido", eu disse. "O que ele diz é apenas o que sabe dizer,

Que aprendeu com o infeliz dono, cujo inclemente desastre

Aproximou-se dele muito rápido, até emudecê-lo com seu peso,

Até o estertor de sua Esperança, que carregava a melancolia

De "Nunca — nunca mais!"

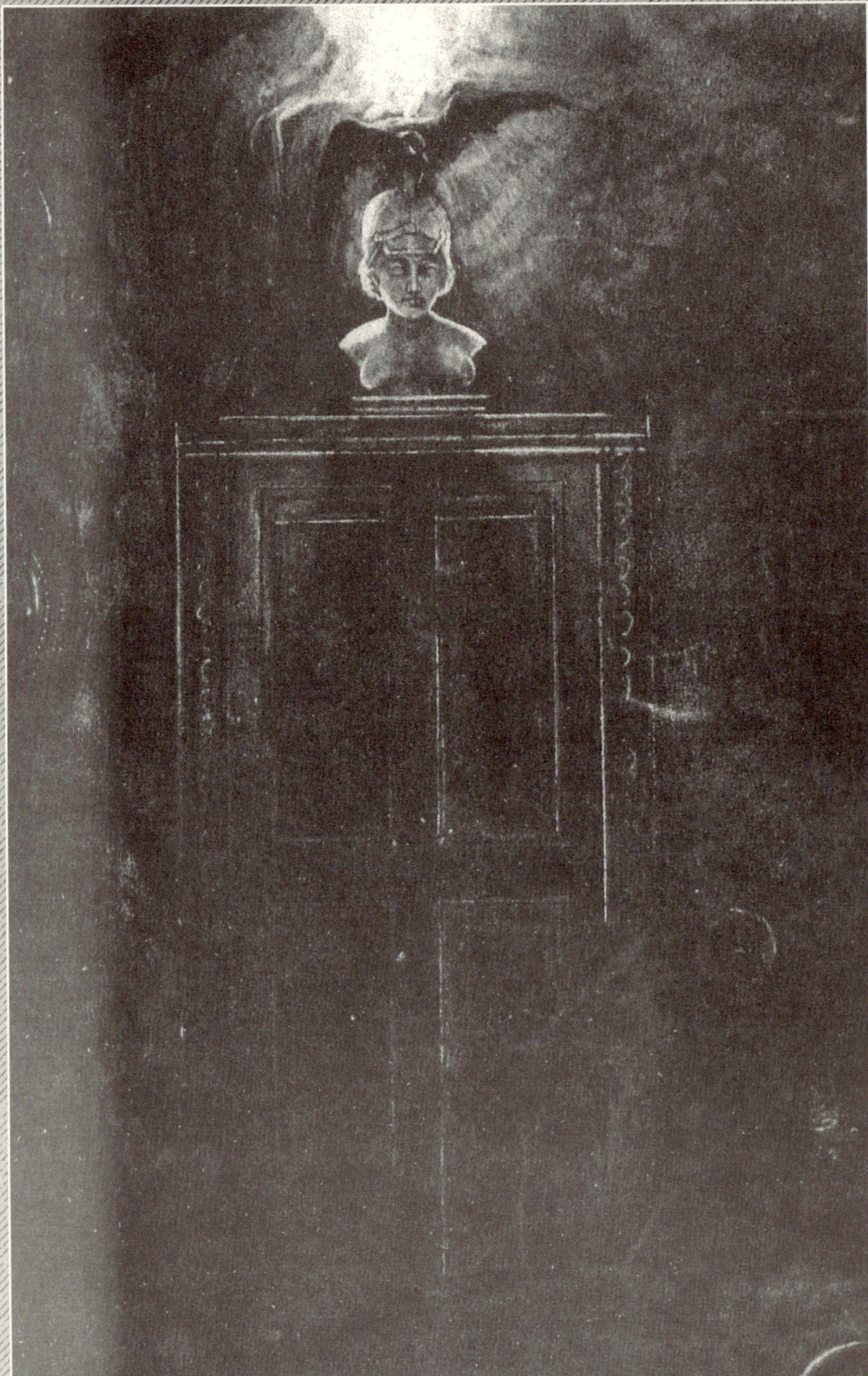

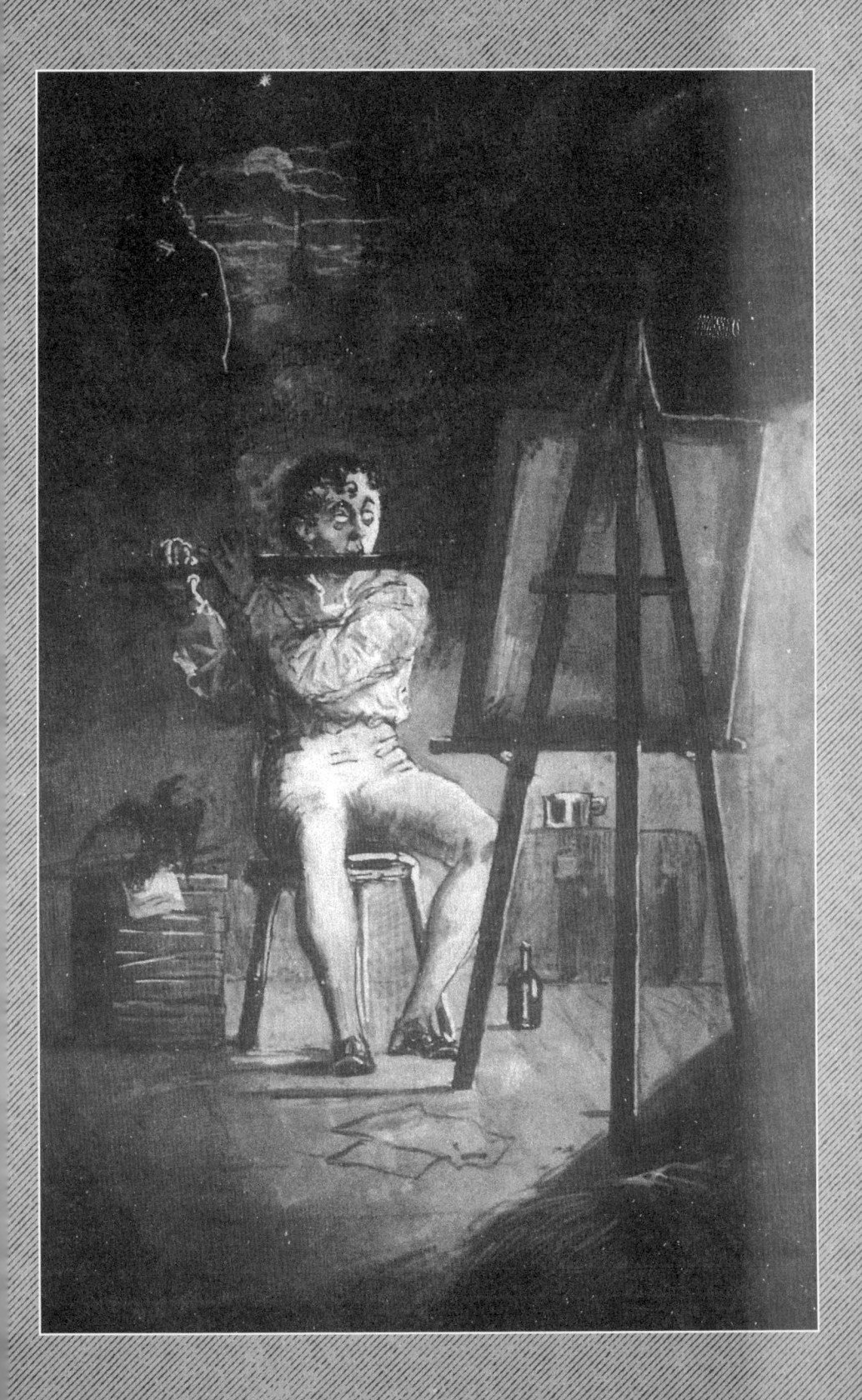

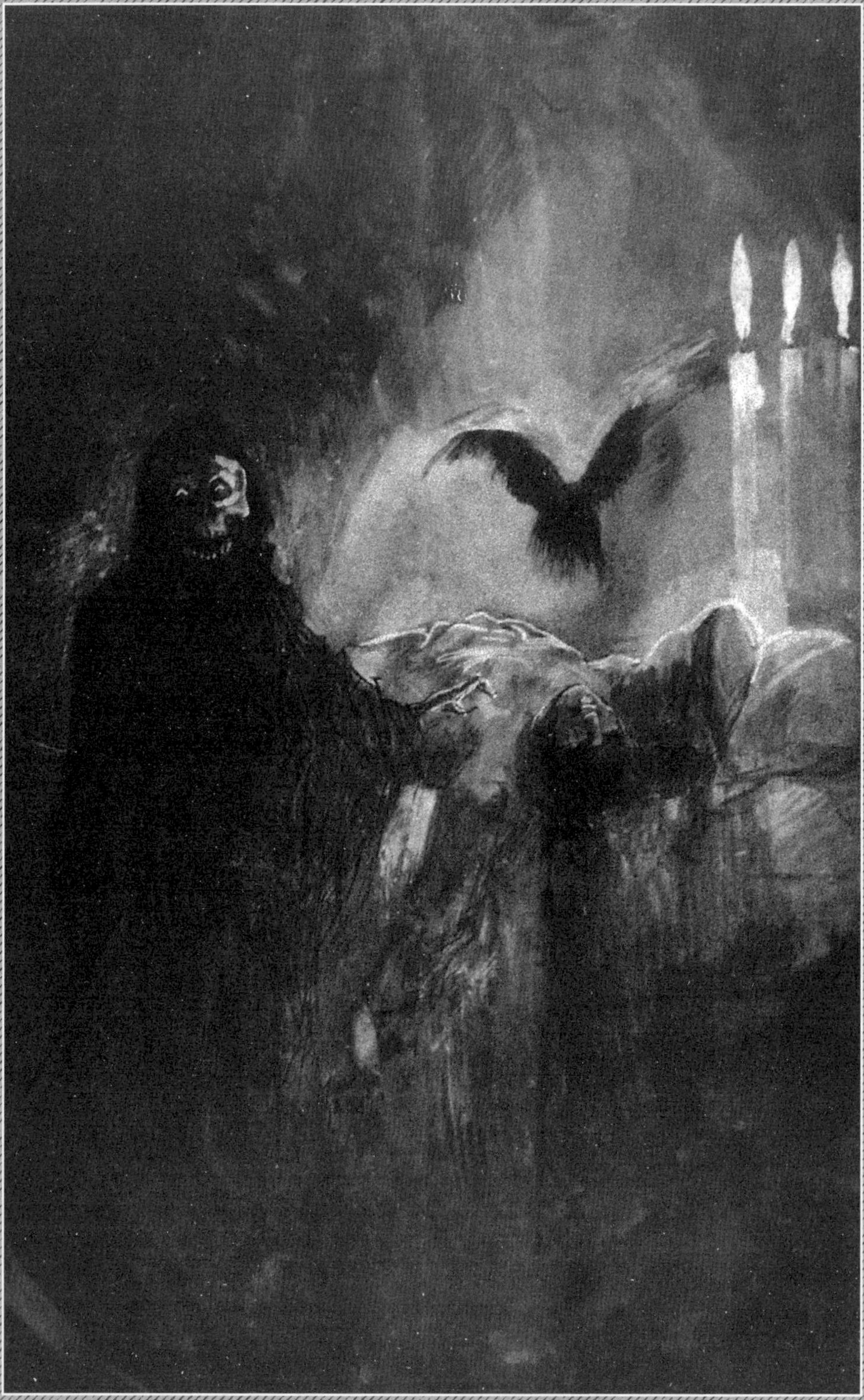

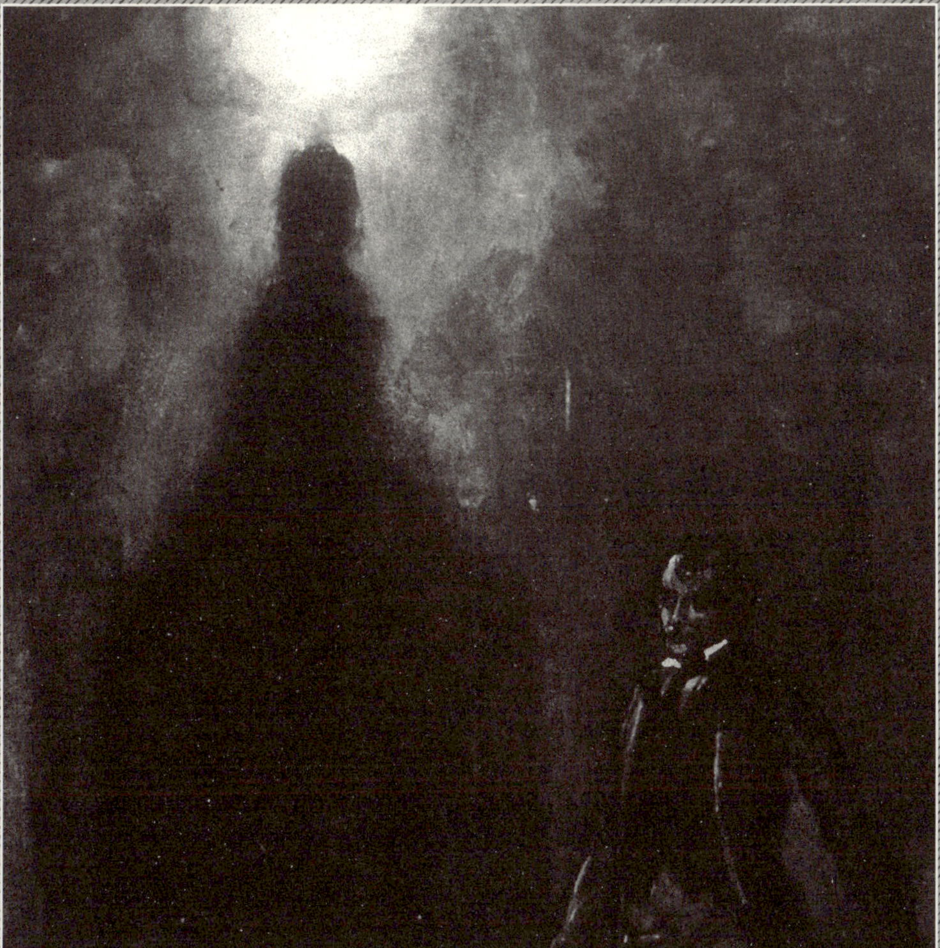

But the raven still beguiling all my fancy into smiling,

Straight I wheeled a cushioned seat in front of bird and bust and door;

Then, upon the velvet sinking, I betook myself to linking

Fancy unto fancy, thinking what this ominous bird of yore,

What this grim, ungainly, ghastly, gaunt, and ominous bird of yore

Meant in croaking, "Nevermore."

Mas, com o Corvo ainda a iludir minha triste alma,

Pus a poltrona diante do pássaro pousado no busto acima da porta;

Então, do assento fundo de veludo, vi-me associando

Os fatos, pensando, o que este taciturno e antigo pássaro,

Por que este taciturno, antigo, estranho, amedrontador e terrível pássaro

Grasnava: "Nunca mais!"

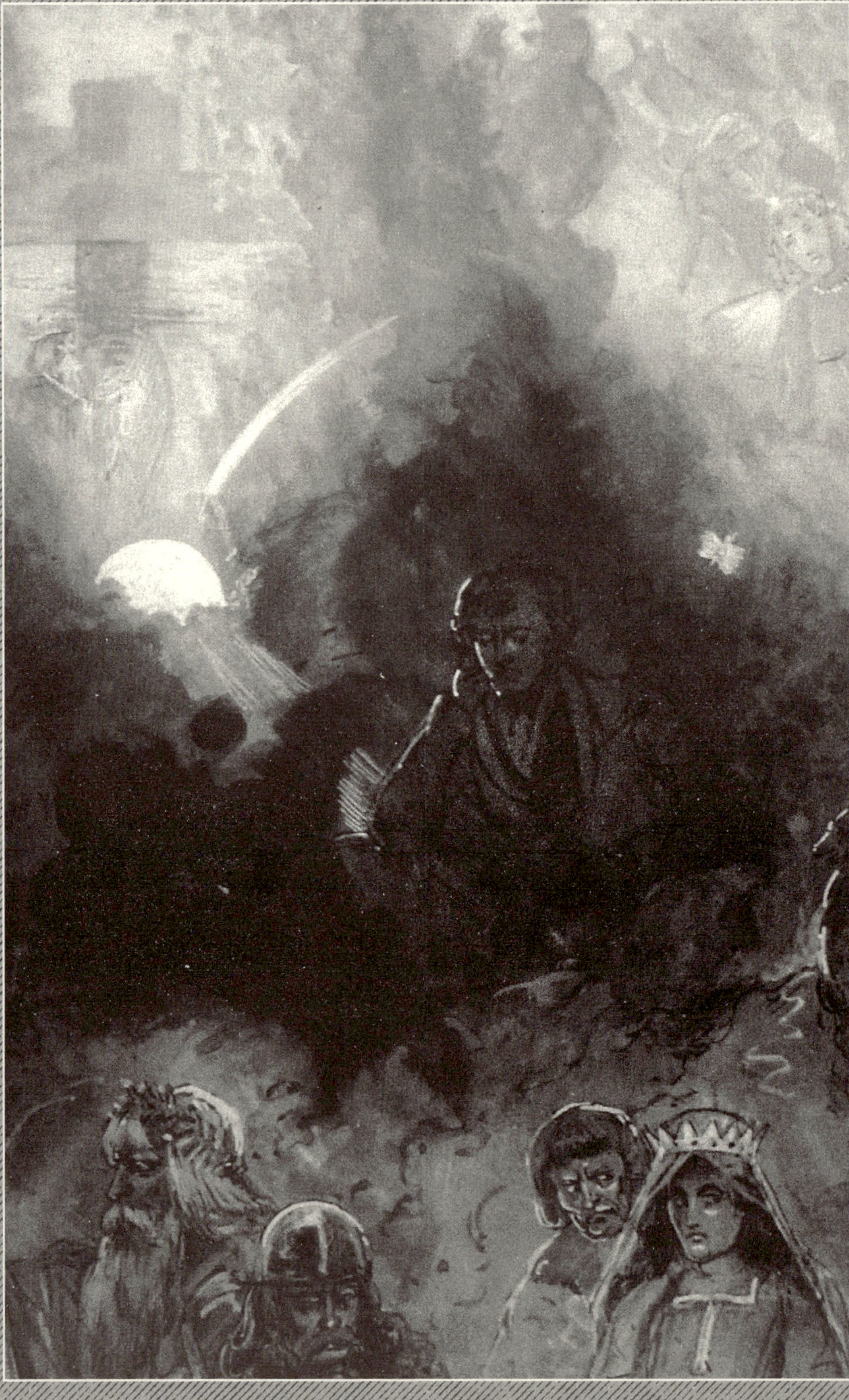

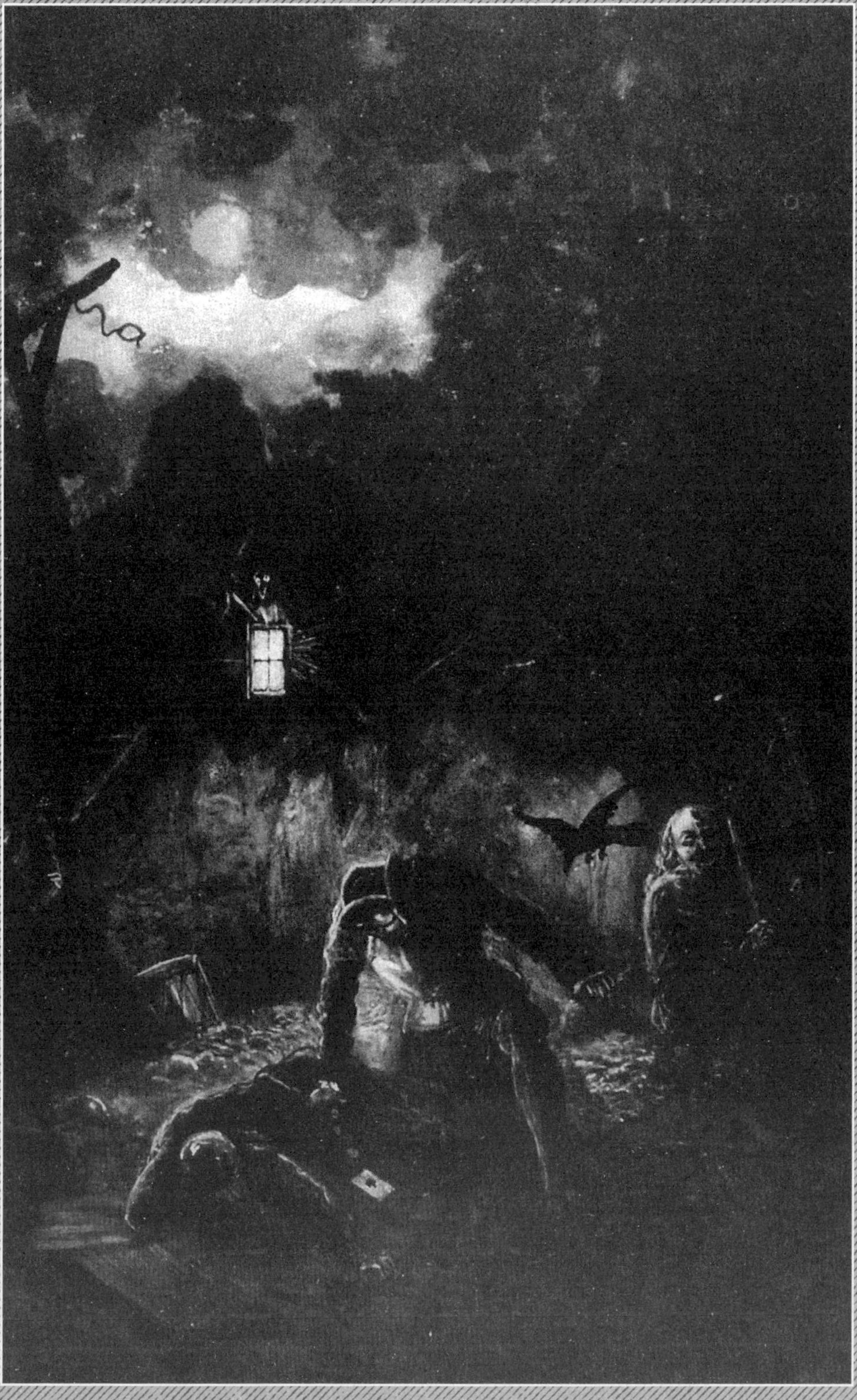

*Thus I sat engaged in guessing, but no
    syllable expressing*

*To the fowl, whose fiery eyes now burned
    into my bosom's core;*

*This and more I sat divining, with my head
    at ease reclining*

*On the cushion's velvet lining that the
    lamplight gloated o'er,*

*But whose velvet violet lining with the
    lamplight gloating o'er*

        She shall press, ah, nevermore!

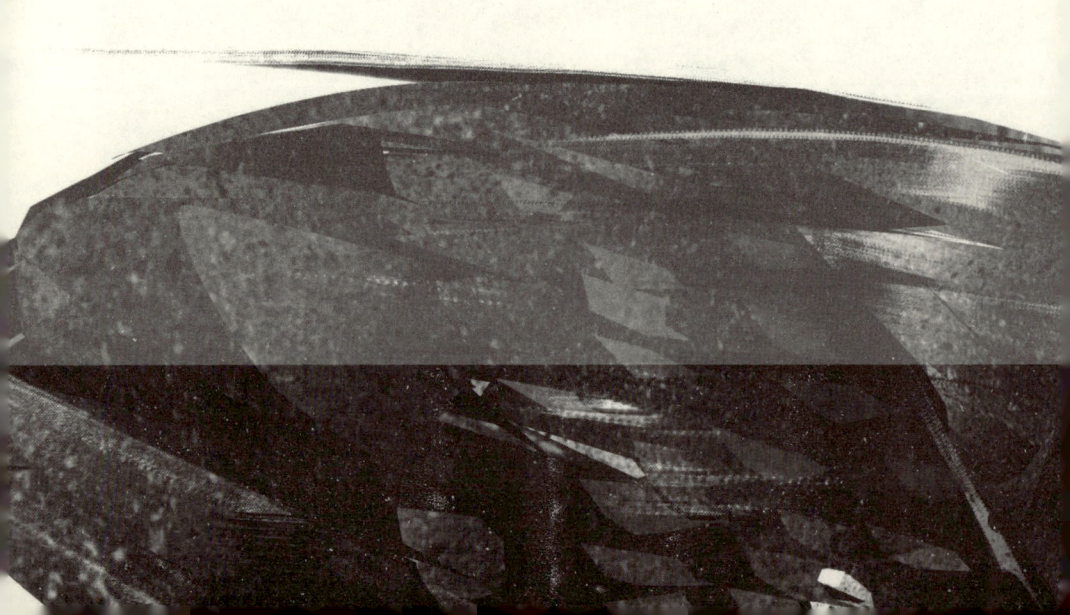

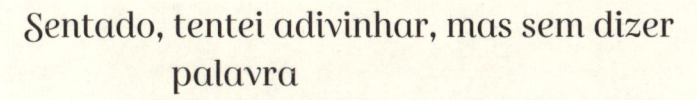

Sentado, tentei adivinhar, mas sem dizer palavra

À ave, cujos olhos ferinos agora ardiam em meu peito;

Isto e muito mais eu tentei adivinhar, reclinando minha cabeça

Sobre o estofo de veludo, sob a luz da lâmpada;

Mas este estofo de veludo violáceo sob a luz da lâmpada

Nunca mais ela tocará. Ah, nunca mais!

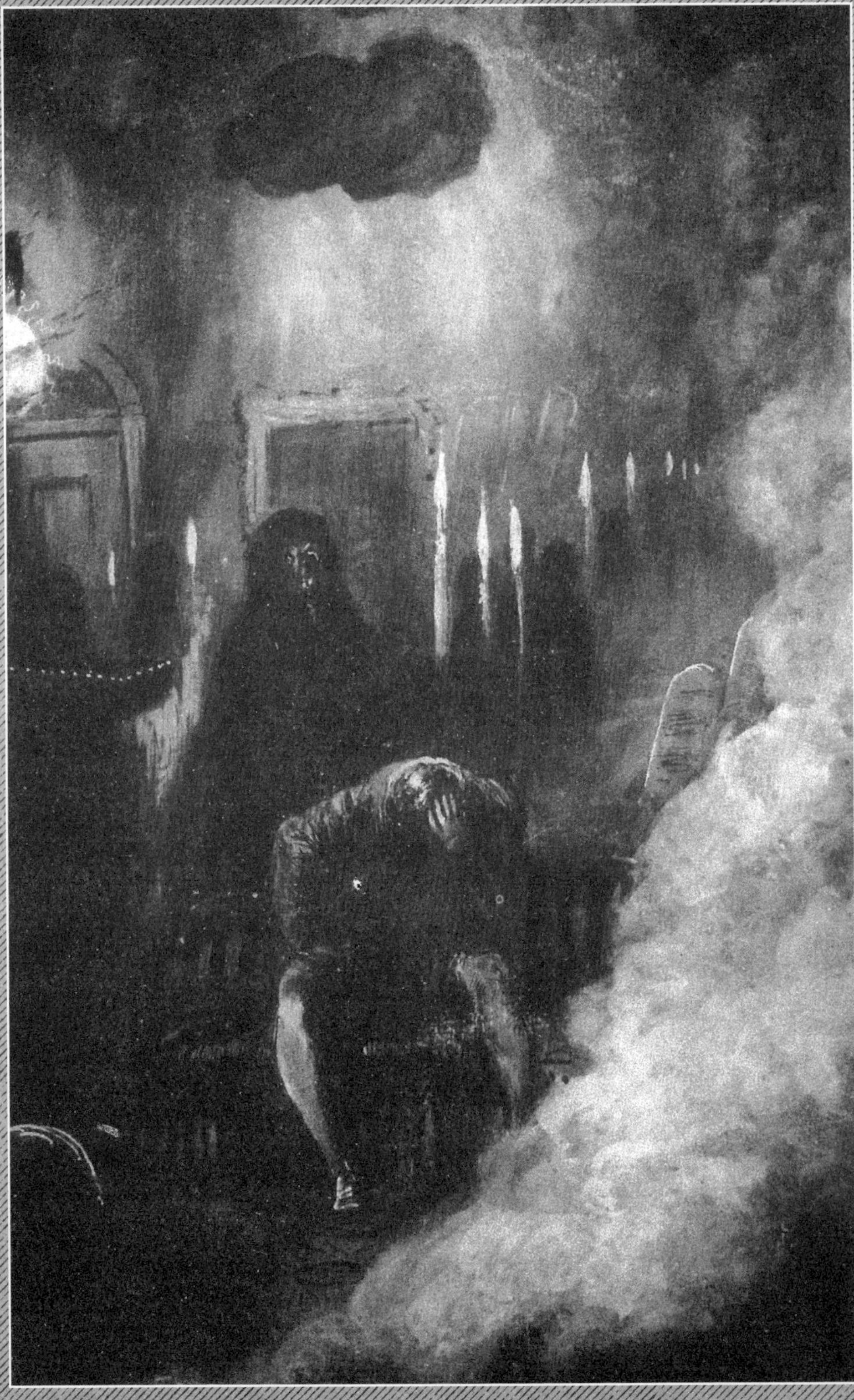

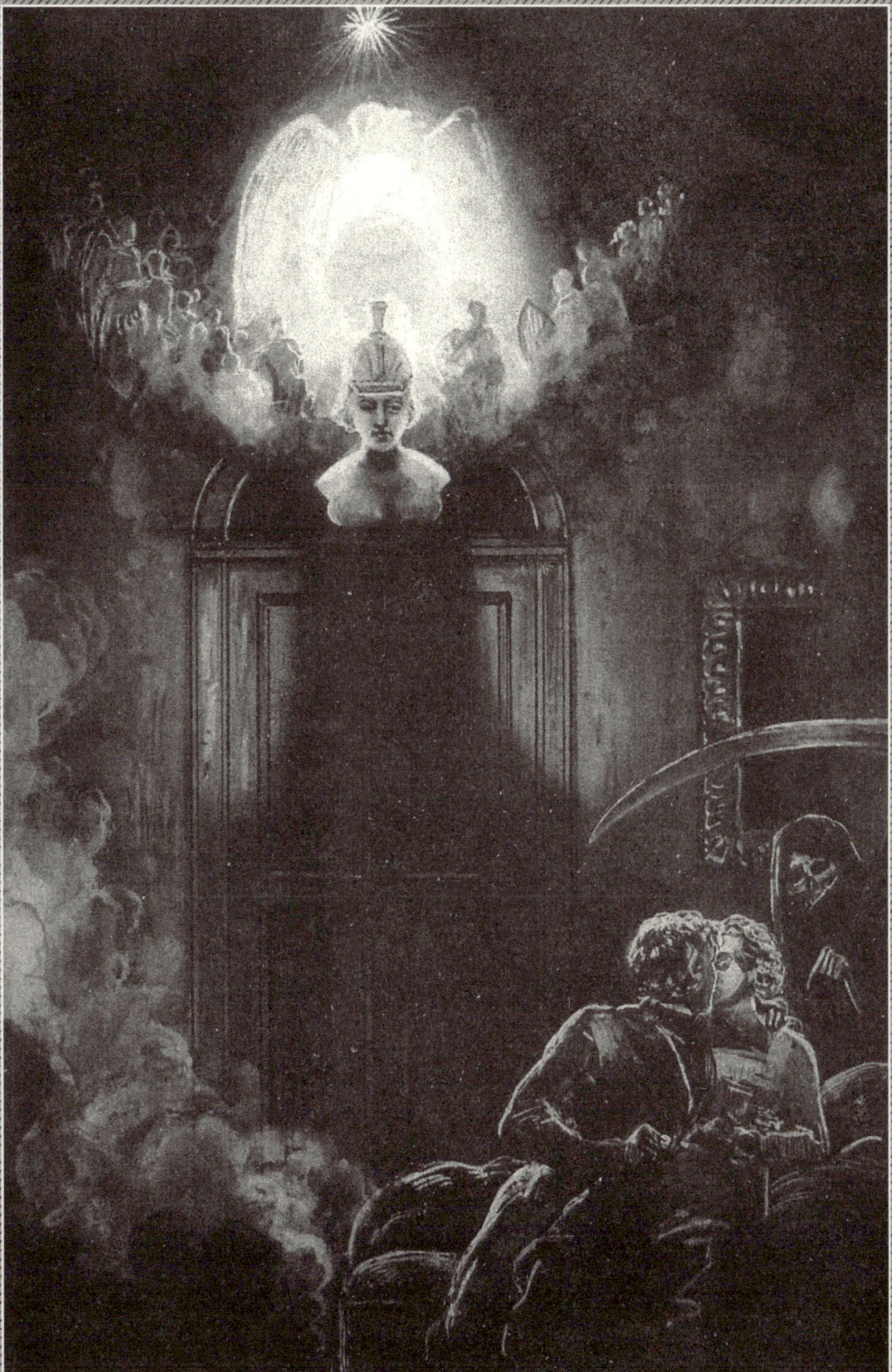

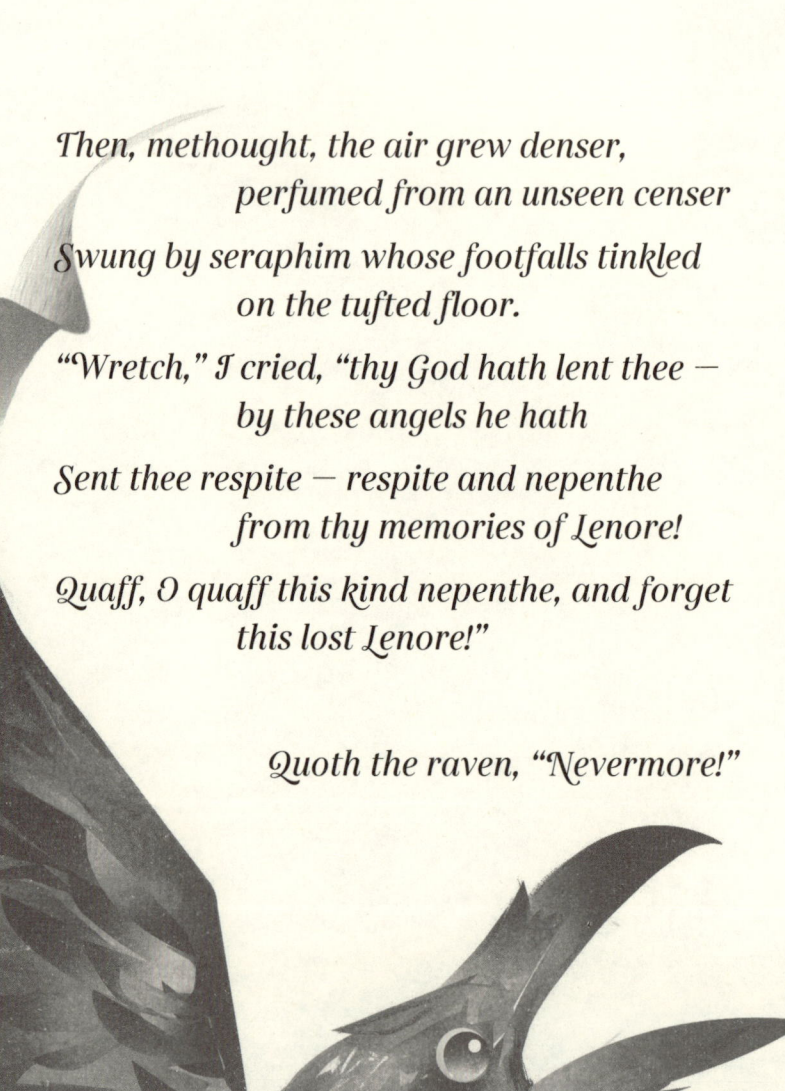

Then, methought, the air grew denser,
        perfumed from an unseen censer
Swung by seraphim whose footfalls tinkled
        on the tufted floor.
"Wretch," I cried, "thy God hath lent thee —
        by these angels he hath
Sent thee respite — respite and nepenthe
        from thy memories of Lenore!
Quaff, O quaff this kind nepenthe, and forget
        this lost Lenore!"

        Quoth the raven, "Nevermore!"

Então, pensei, o ar se adensou, perfumado por um turíbulo invisível,

Balançado por um Serafim, cujo pé tropeçou neste tapete.

"Céus!", gritei, "teu Deus te mandou, por estes anjos, ele te enviou.

Alívio, alívio e nepente de tua lembrança de Lenore!

Bebe, ó bebe esse sutil nepente, e esquece a perdida Lenore!"

Retrucou o Corvo: "Nunca mais!"

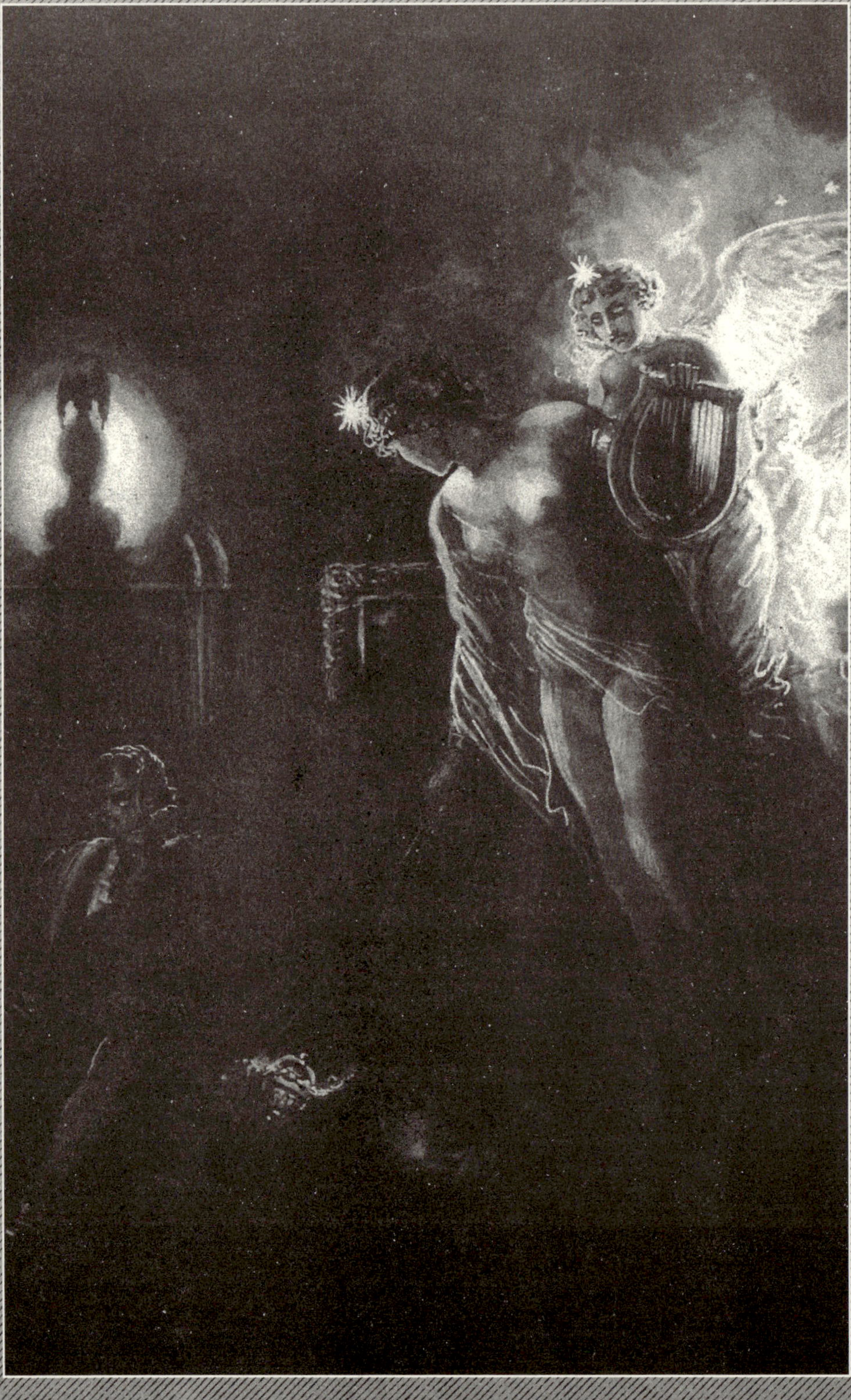

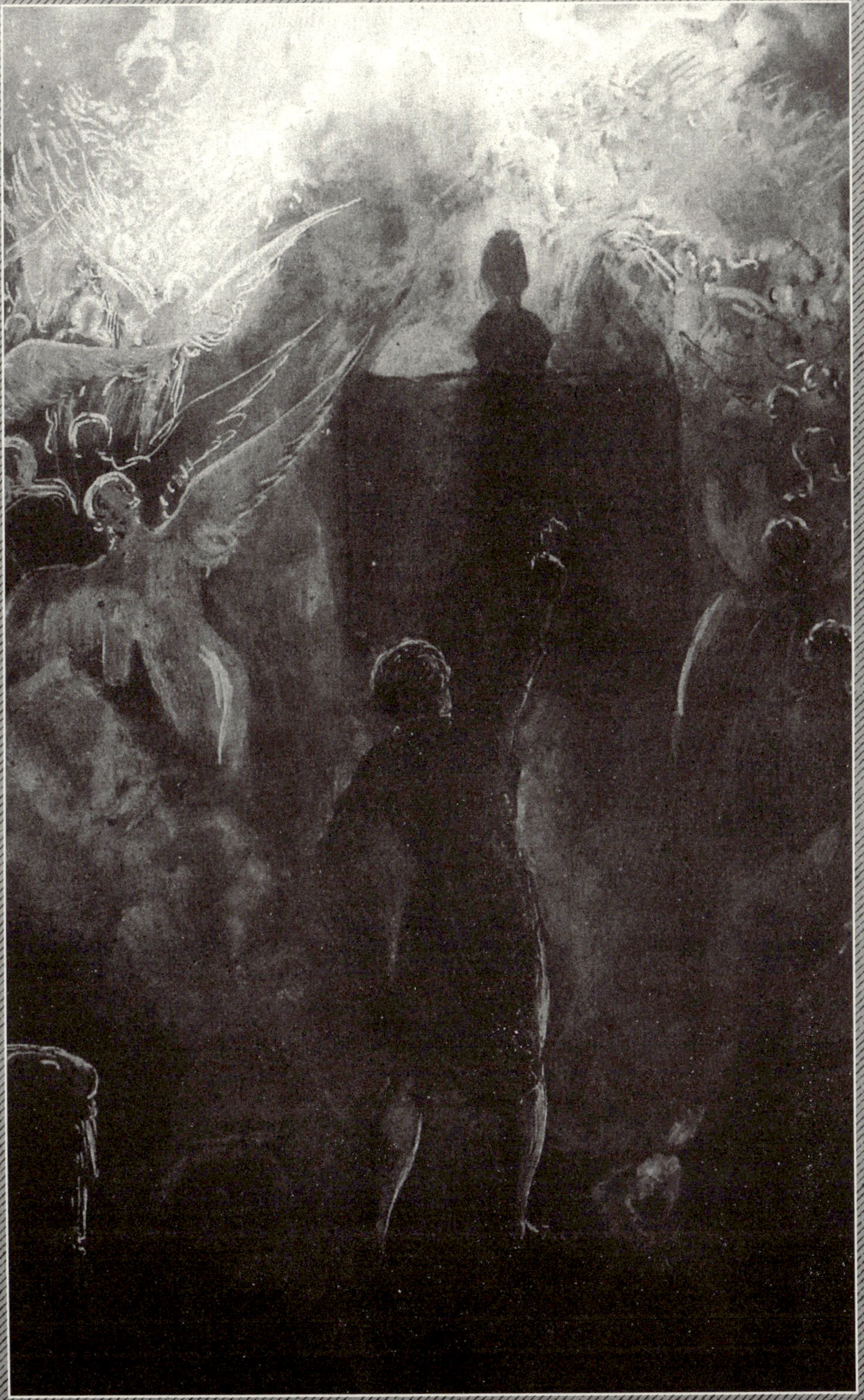

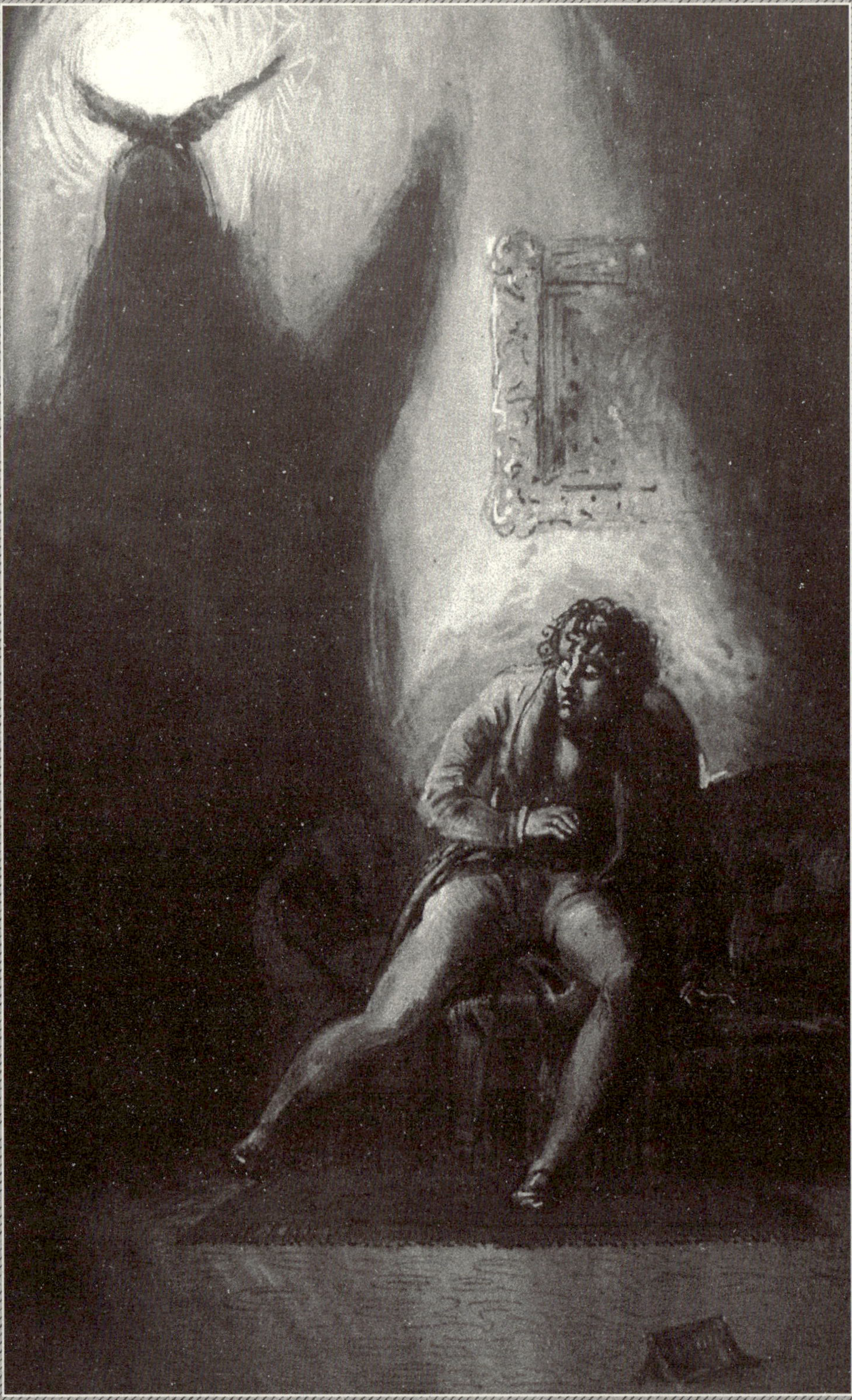

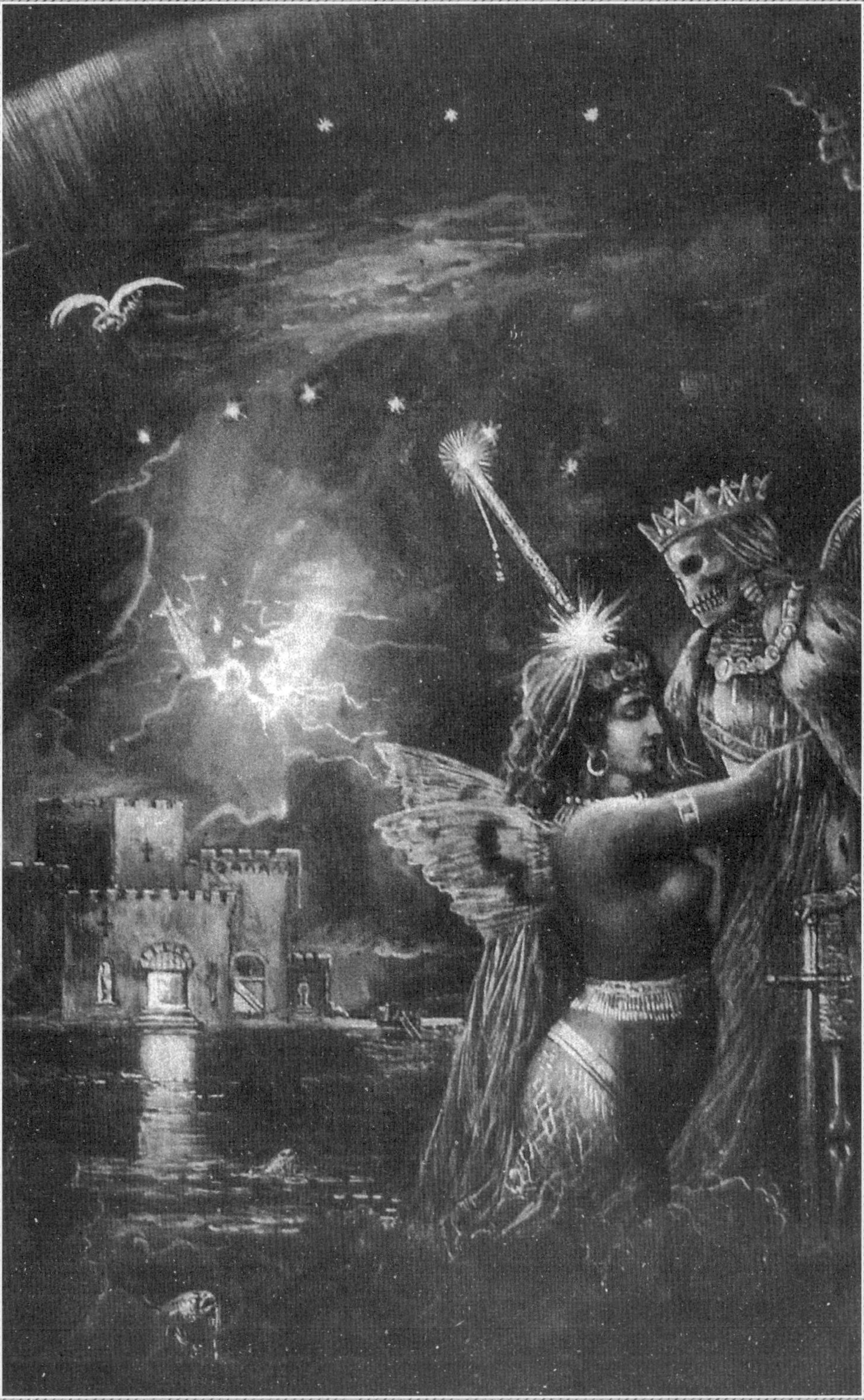

"Prophet!" said I, "thing of evil! — prophet still, if bird or devil!

Whether tempter sent, or whether tempest tossed thee here ashore,

Desolate, yet all undaunted, on this desert land enchanted —

On this home by horror haunted — tell me truly, I implore:

Is there — is there balm in Gilead? — tell me — tell me I implore!"

Quoth the raven, "Nevermore."

"Profeta!", exclamei. "Coisa do demo!
 Ainda assim, profeta, se pássaro
 ou demo!

Se foste enviado pelo Tentador, ou se a
 tempestade te lançou à praia,

Desolado, embora destemido, sobre esta
 terra deserta e encantada,

Neste lar assombrado pelo Horror,
 dize-me a verdade, eu te imploro:

Haverá, haverá conforto em Gileade?
 Dize-me, dize-me, eu te imploro!"

Retrucou o Corvo: "Nunca mais!"

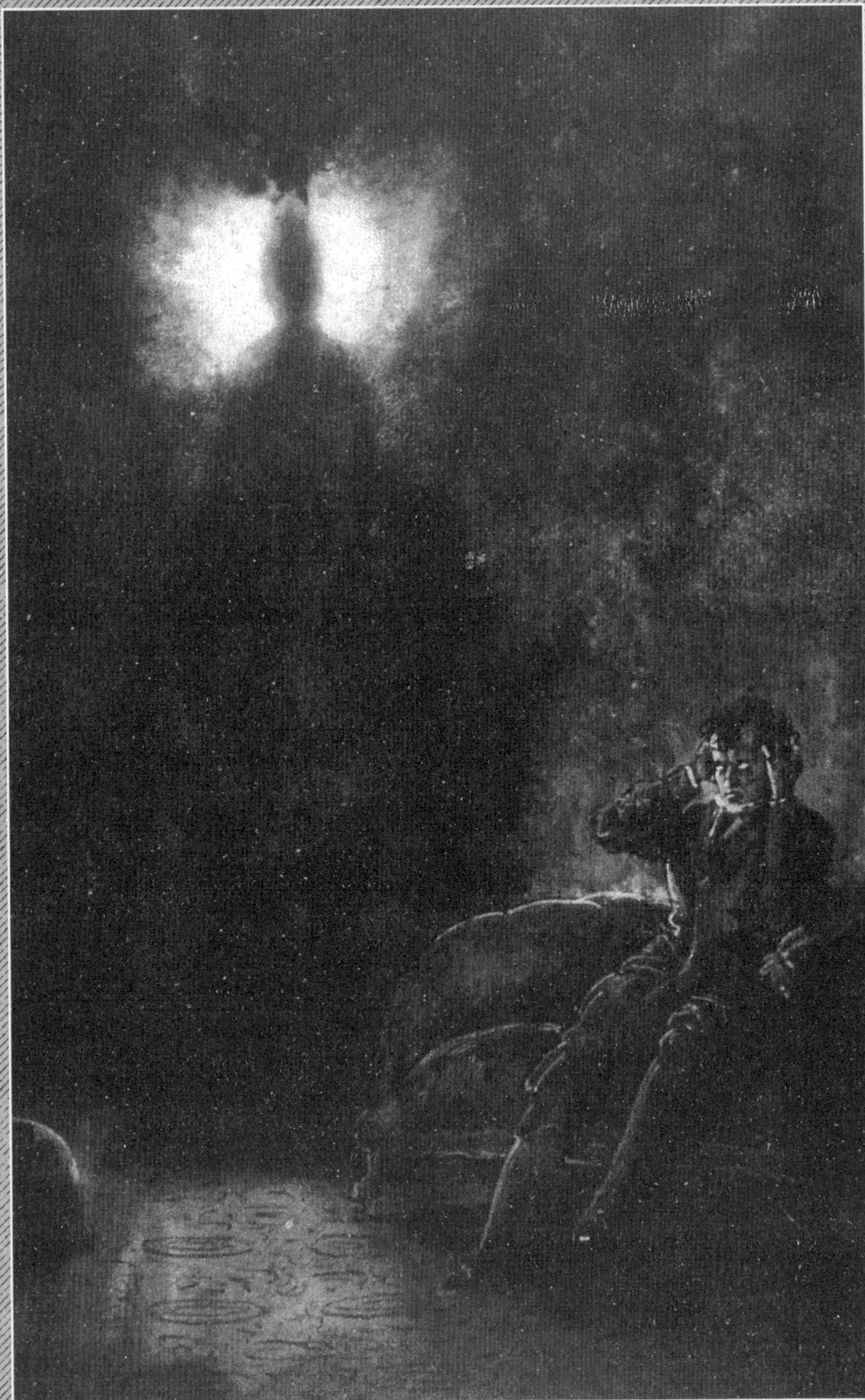

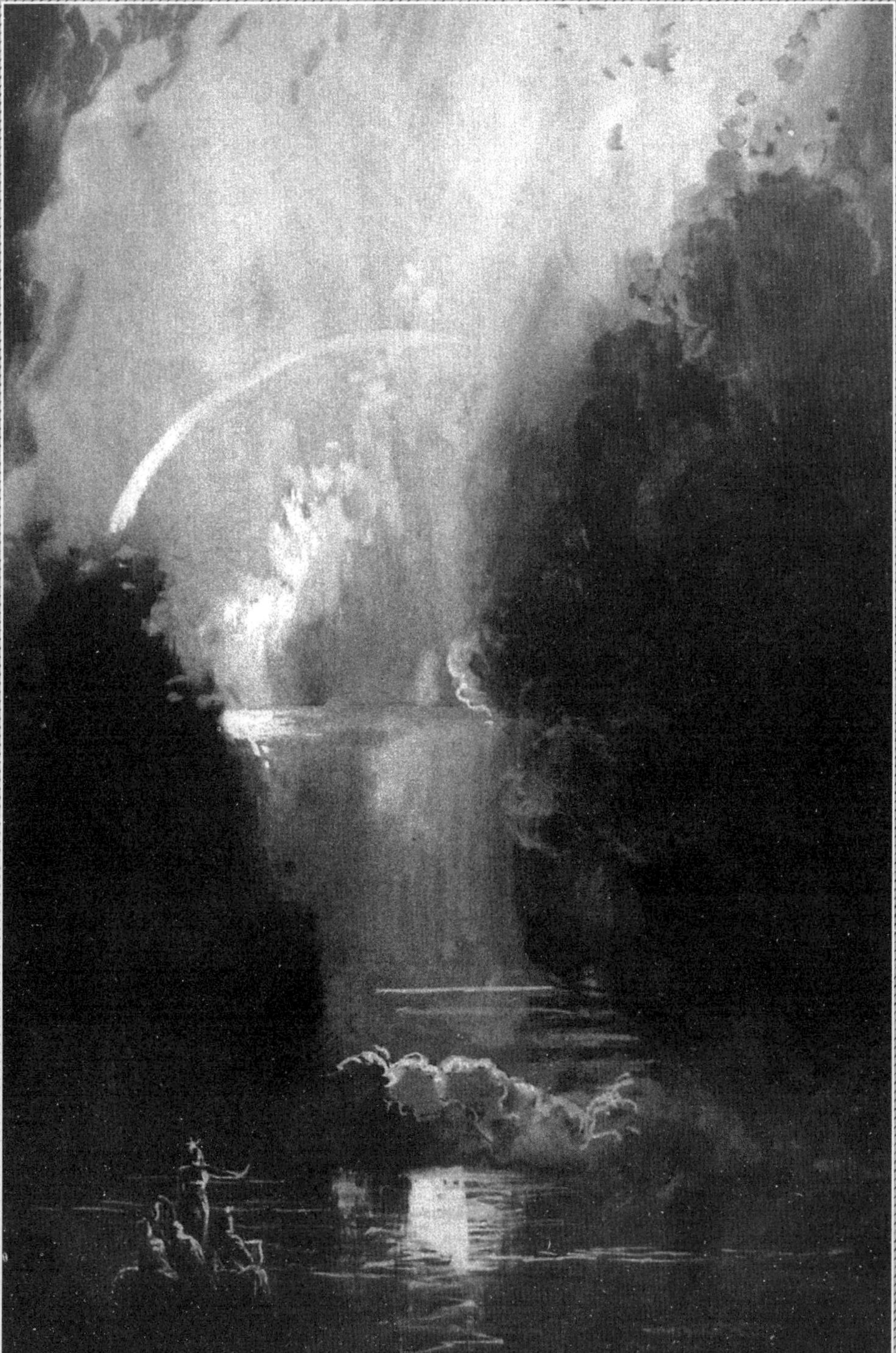

"Prophet!" said I, "thing of evil — prophet still, if bird or devil!

By that heaven that bends above us — by that God we both adore —

Tell this soul with sorrow laden, if, within the distant Aidenn,

It shall clasp a sainted maiden, whom the angels name Lenore —

Clasp a rare and radiant maiden, whom the angels name Lenore?"

Quoth the raven, "Nevermore."

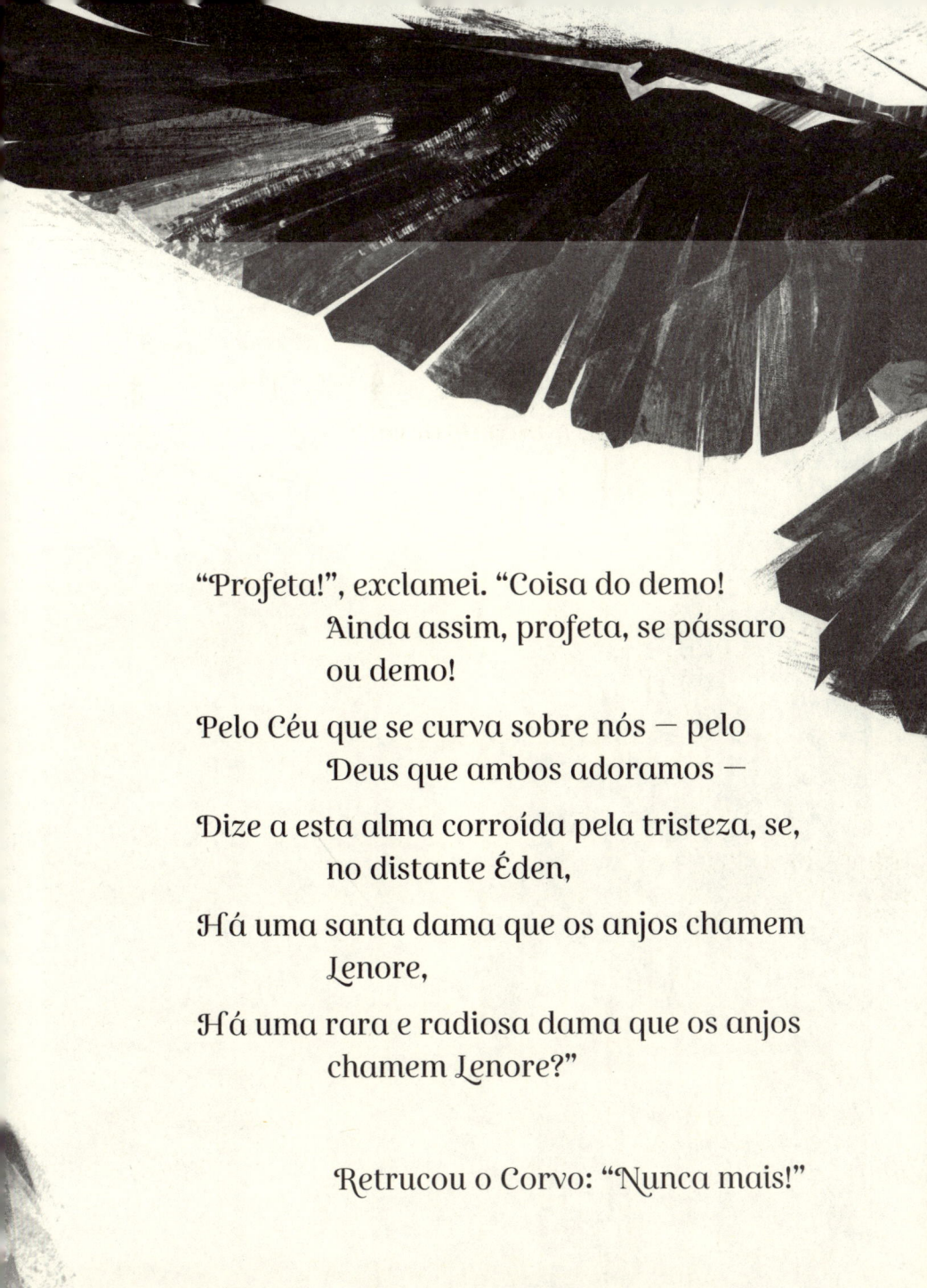

"Profeta!", exclamei. "Coisa do demo!
   Ainda assim, profeta, se pássaro
   ou demo!

Pelo Céu que se curva sobre nós — pelo
   Deus que ambos adoramos —

Dize a esta alma corroída pela tristeza, se,
   no distante Éden,

Há uma santa dama que os anjos chamem
   Lenore,

Há uma rara e radiosa dama que os anjos
   chamem Lenore?"

   Retrucou o Corvo: "Nunca mais!"

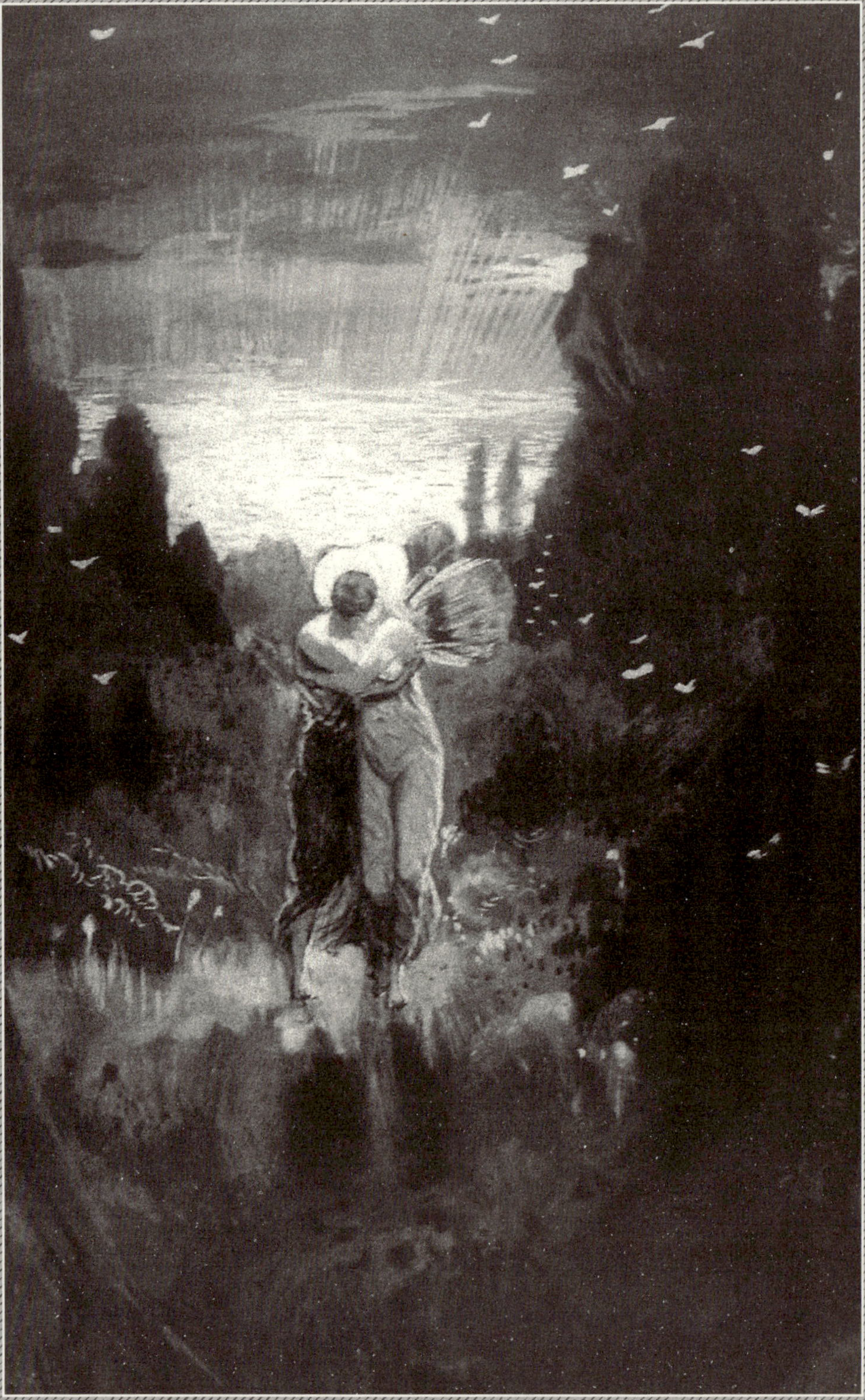

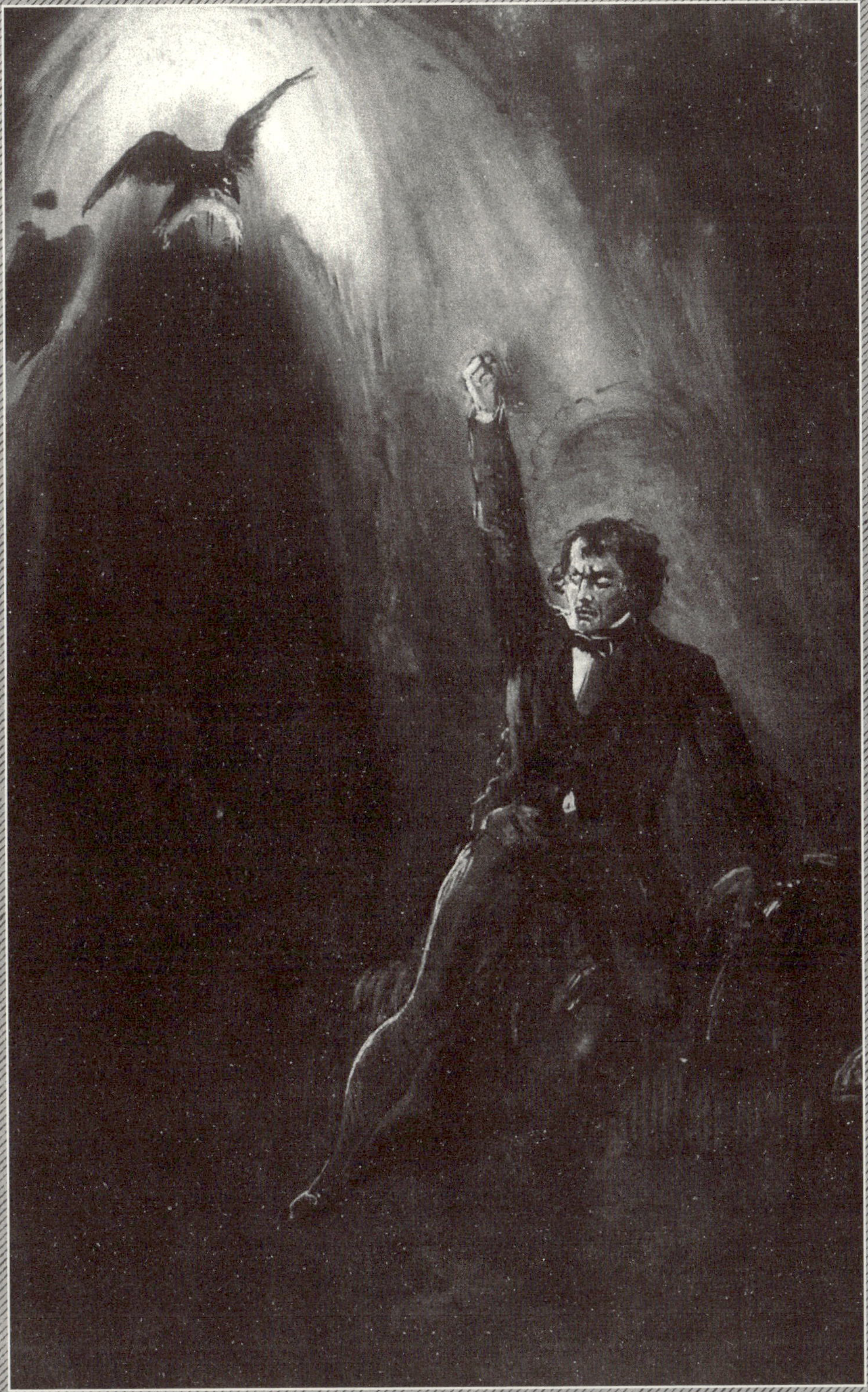

"Be that word our sign of parting, bird or
   fiend!" I shrieked, upstarting —

"Get thee back into the tempest and the
   Night's Plutonian shore!

Leave no black plume as a token of that lie
   thy soul spoken!

Leave my loneliness unbroken! — quit the
   bust above my door!

Take thy beak from out my heart, and take
   thy form from off my door!"

   Quoth the raven, "Nevermore."

"Seja esta palavra o sinal de despedida, pássaro ou demo!", urrei, erguendo-me.

"Retorna à tempestade e à praia nesta Noite de Plutão!

Não deixes tua pluma negra como lembrança da mentira proferida por tua alma!

Deixa intocada a minha solidão! Deixa o busto acima da minha porta!

Tira teu bico do meu coração, e afasta-te da minha porta!"

Retrucou o Corvo: "Nunca mais!"

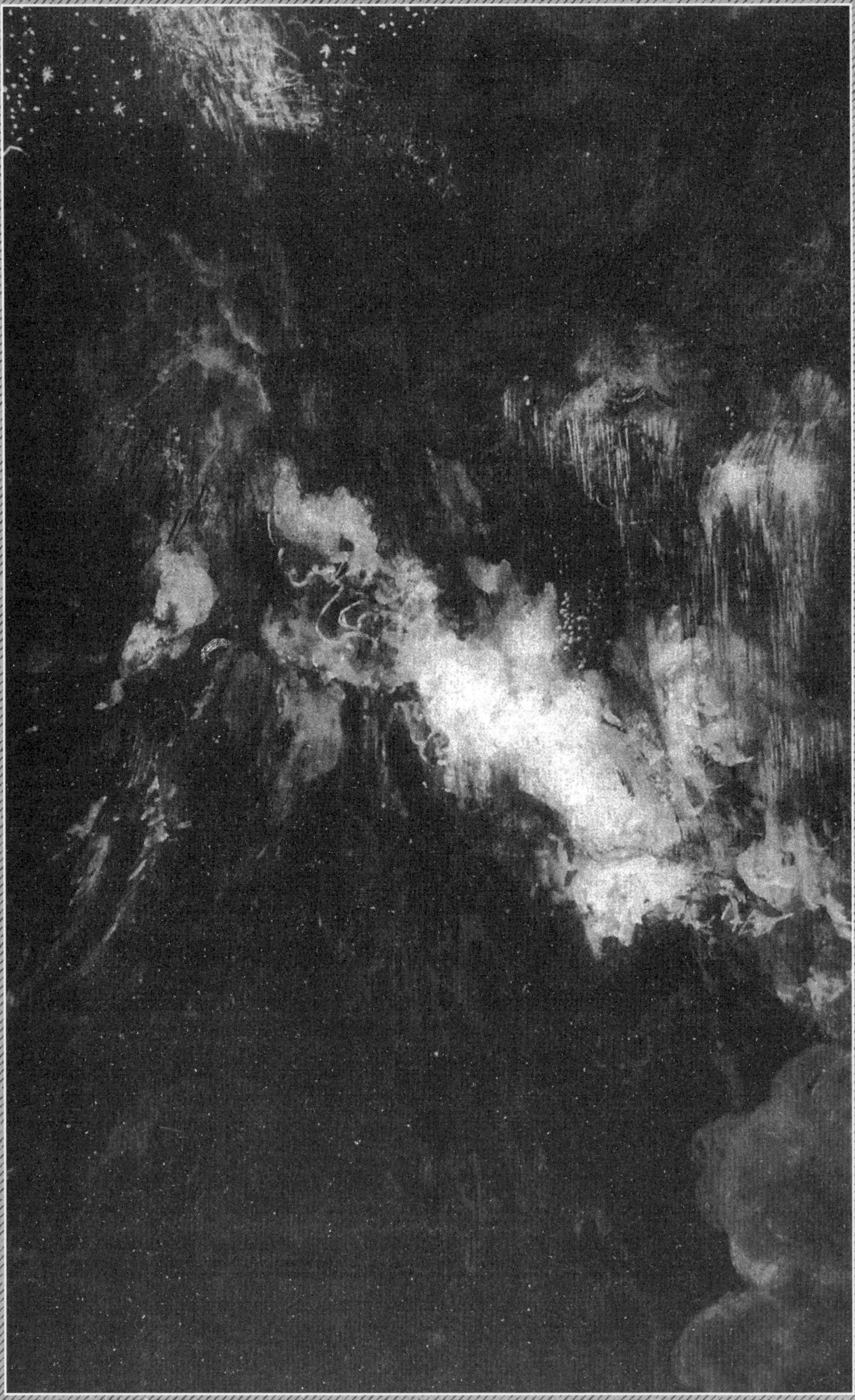

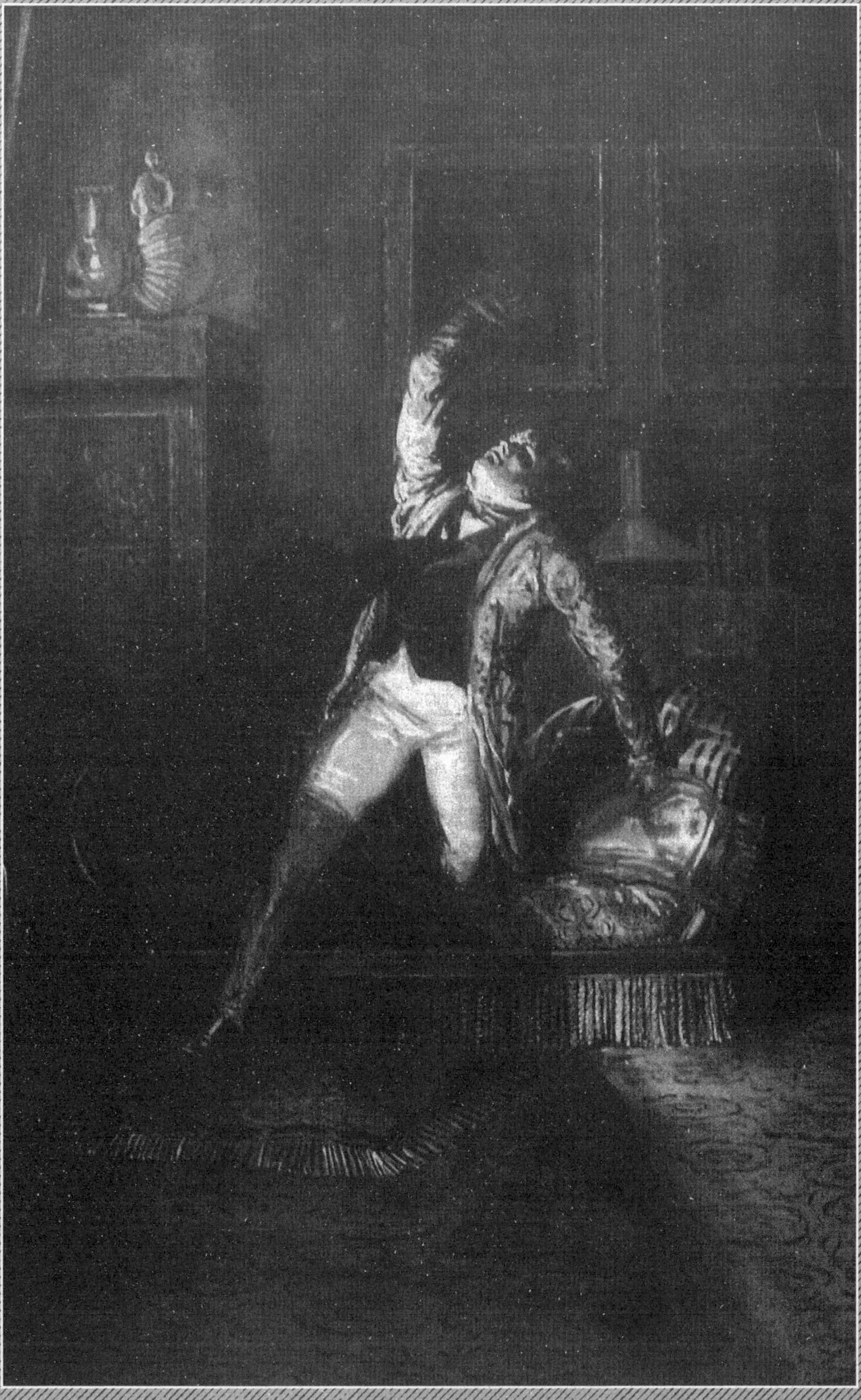

And the raven, never flitting, still is sitting, still is sitting

On the pallid bust of Pallas just above my chamber door;

And his eyes have all the seeming of a demon's that is dreaming.

And the lamplight o'er him streaming throws his shadow on the floor;

And my soul from out that shadow that lies floating on the floor

Shall be lifted — nevermore!

E o Corvo, sempre imóvel, ainda pousado, pousado

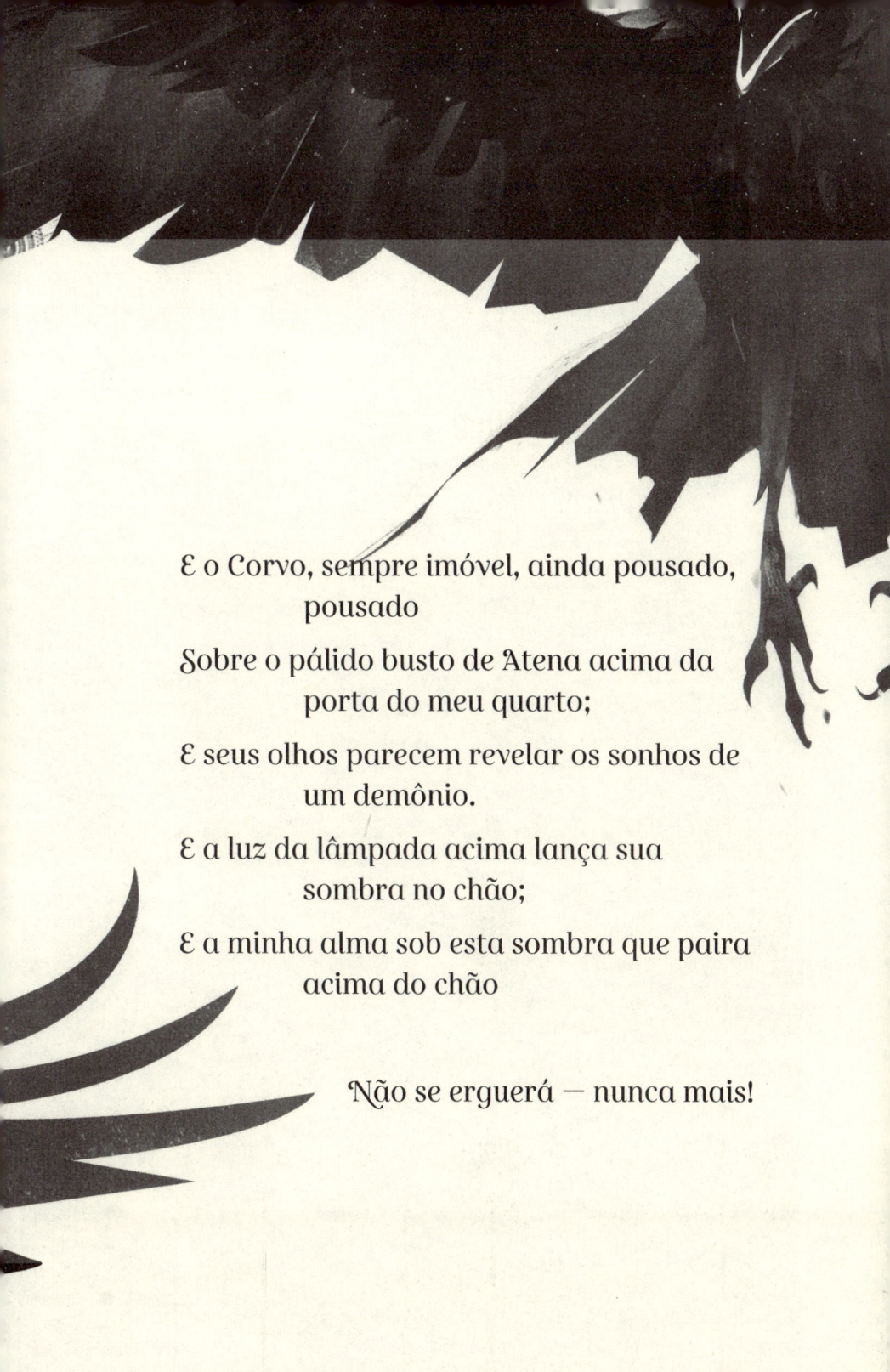

Sobre o pálido busto de Atena acima da porta do meu quarto;

E seus olhos parecem revelar os sonhos de um demônio.

E a luz da lâmpada acima lança sua sombra no chão;

E a minha alma sob esta sombra que paira acima do chão

Não se erguerá — nunca mais!

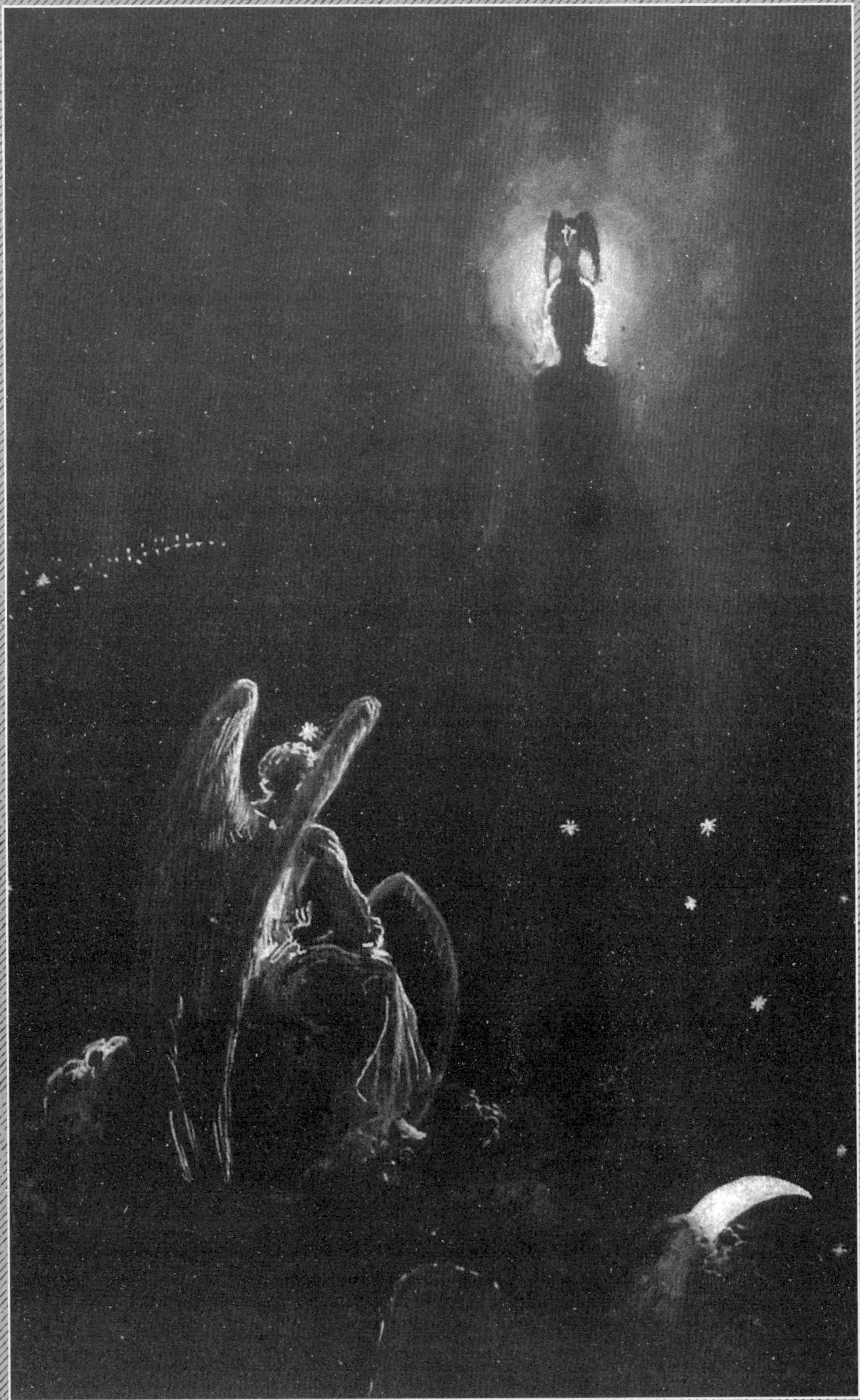

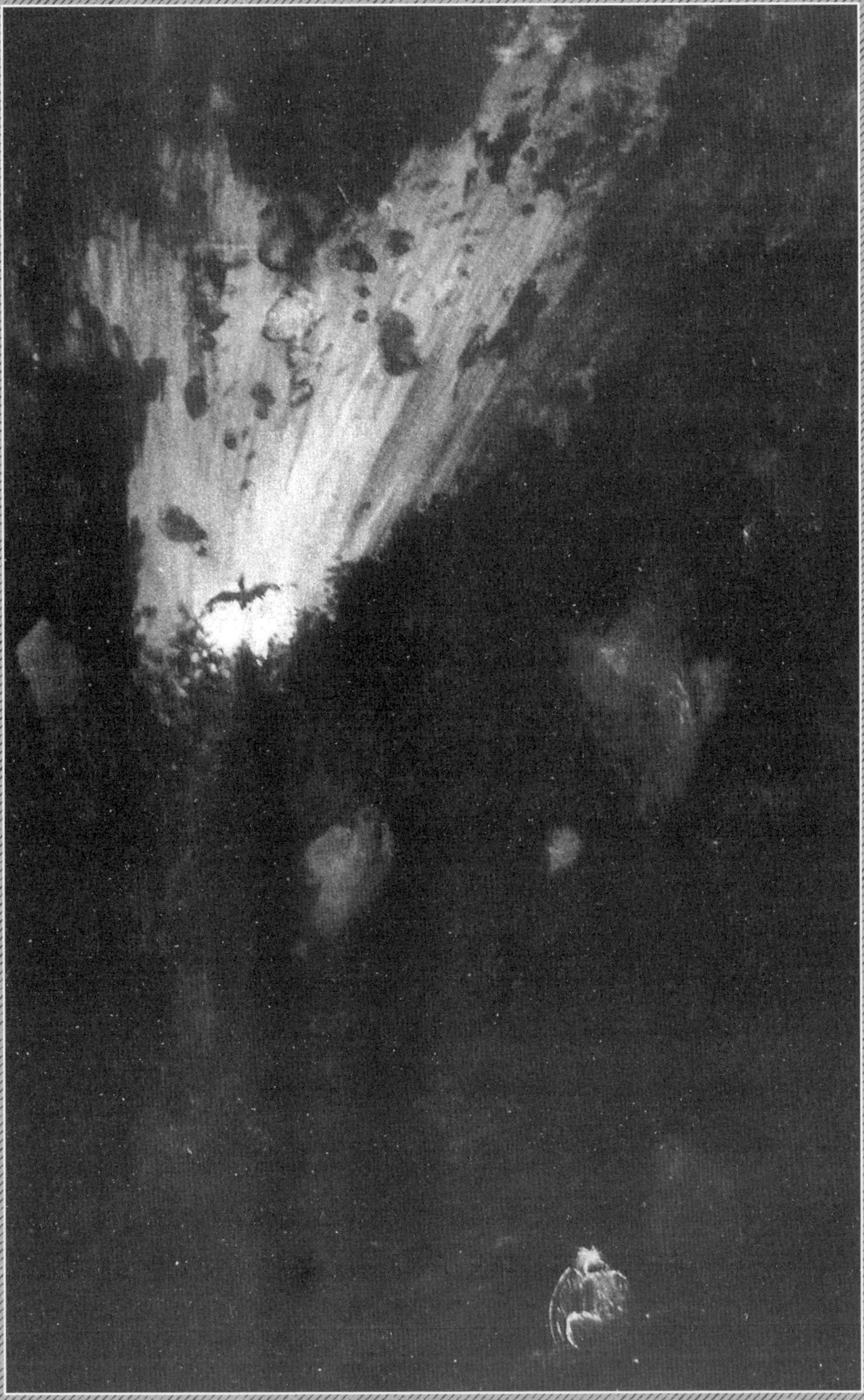

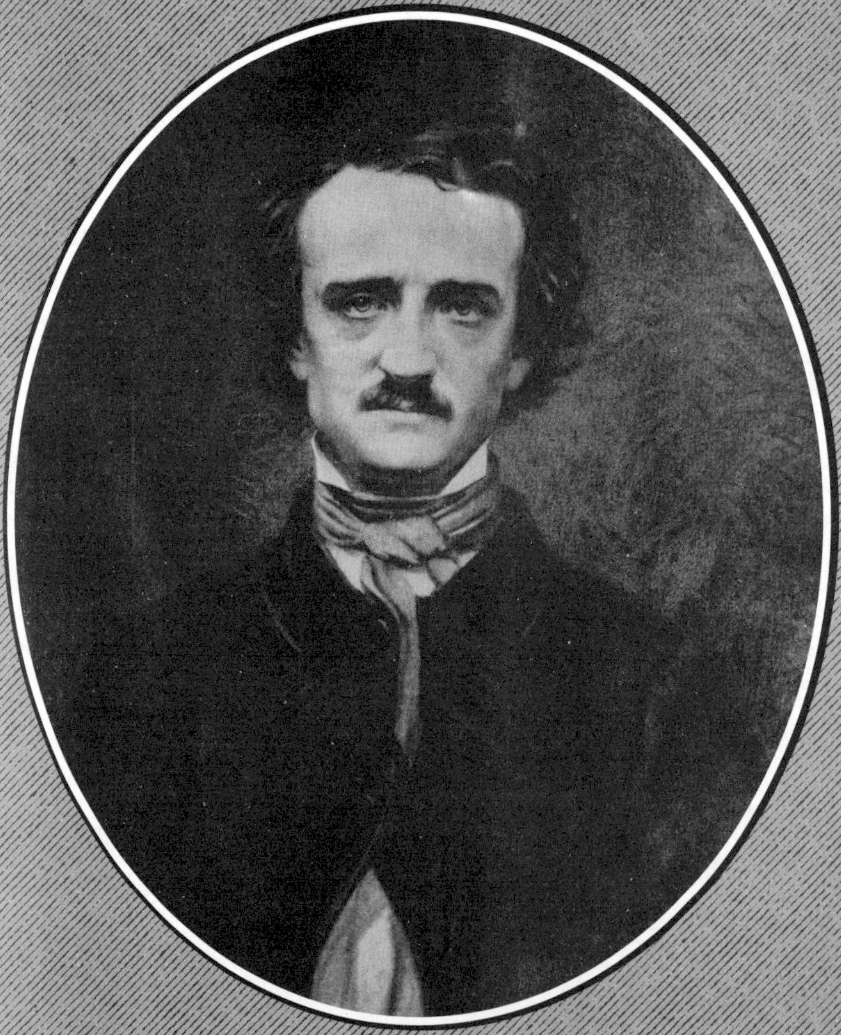

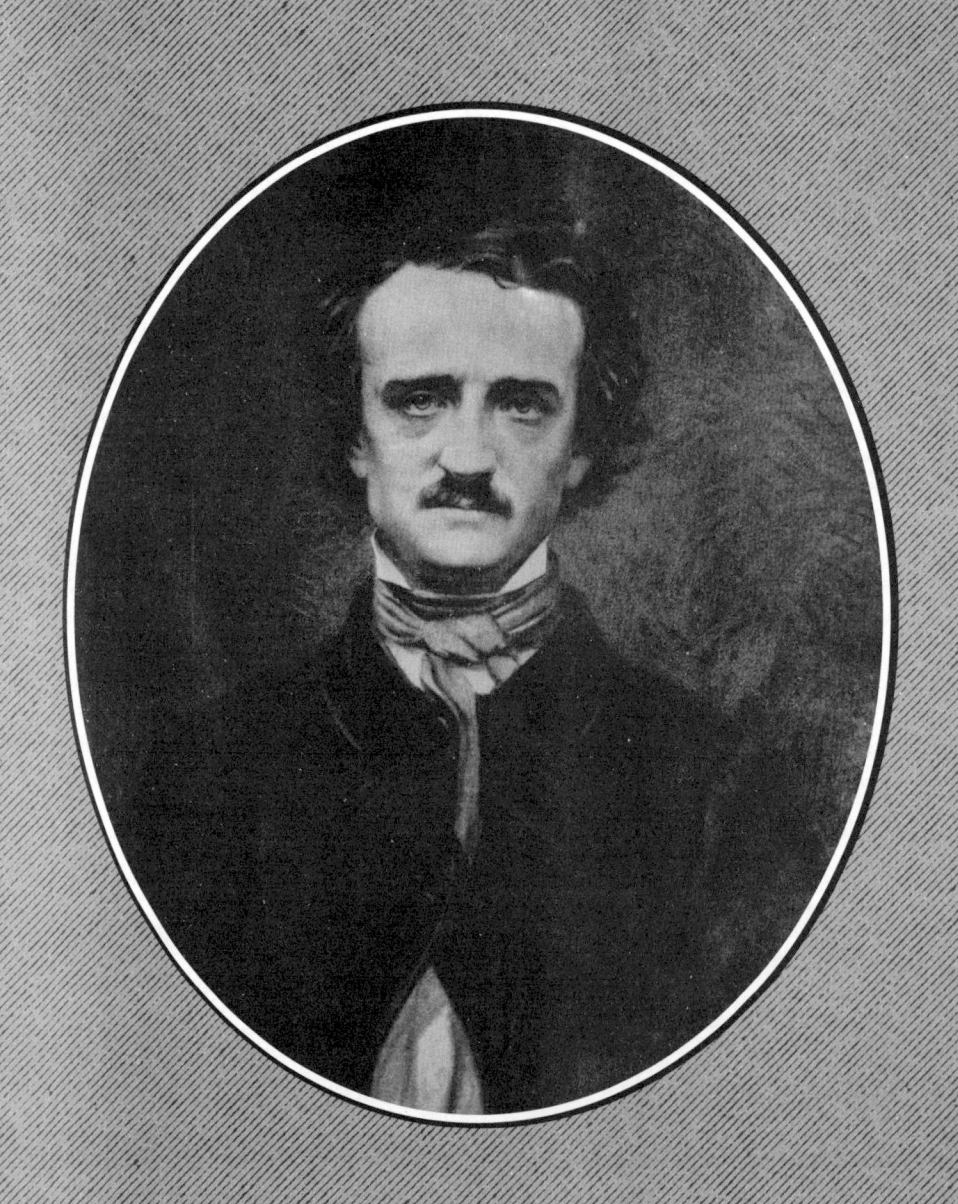

Edgar Allan Poe nasceu em Boston em 19/01/1809 e faleceu em Baltimore em 7/10/1849. Foi poeta, contista, editor, crítico literário e trabalhou em diversos jornais em Richmond e Nova York, onde publicou diversas de suas histórias. Poe foi um dos primeiros contistas americanos e é considerado o inventor do gênero de ficção policial e científica, e o primeiro a tentar sobreviver como escritor. Casou-se em segredo com sua prima Virginia, de 13 anos, que veio a falecer 11 anos mais tarde de tuberculose, dois após a publicação de "O Corvo", em 1845. Em 1839, foi publicada, em dois volumes, sua coleção *Tales of the Grotesque and Arabesque* (traduzida para o francês por Baudelaire como *Histoires Extraordinaires*), que, apesar do insucesso financeiro, é apontada como um marco da literatura norte-americana. Entre seus vários contos famosos estão "O gato preto" e "Os assassinatos da Rua Morgue".

James Carling (31 de dezembro de 1857 - 9 de julho de 1887) nasceu em 31 de dezembro de 1857 em Liverpool, na Inglaterra. Sua mãe morreu quando ele tinha apenas 6 anos e seu pai morreu 4 anos após a morte de sua mãe. Desde muito jovem, James era conhecido por usar as ruas de Liverpool para sua arte e para mendigar por dinheiro. Em 1871 foi para os Estados Unidos, e, aos 23 anos, participou de um concurso da revista *Harper's Magazine* para ilustrar uma edição especial do poema mais famoso de Edgar Allan Poe, O Corvo. Seus desenhos estão agora expostos no Museu Edgar Allan Poe, na Virgínia, Estados Unidos. Voltou a Liverpool em 1887 com intenções de promover sua arte e carreira, mas sua vida foi interrompida precocemente. Carling ficou doente e morreu em 9 de julho de 1887, com apenas 29 anos.

Thereza Christina Rocque da Motta nasceu em São Paulo, em 10 de julho de 1957, é poeta, advogada, editora e tradutora. Chefe de pesquisa brasileira do *Guinness Book, o Livro dos Recordes*, em 1992, e coordenadora de pesquisa da redação de *Projeto Especiais*, ambos da Editora Três, até 1995. É autora de dezenas de livros e tradutora de inúmeros títulos, entre eles: *A Fada das Pedrinhas, Os diários secretos de Agatha Christie* e *Marley e eu.* Tomou parte da Conference on World Affairs, na Universidade do Colorado, Boulder, EUA, em 2002, 2003 e 2005. É membro da Academia Brasileira de Poesia (Petrópolis) e do PEN Clube do Brasil (RJ). Fundou a Ibis Libris em 2000.

ASSINE NOSSA NEWSLETTER E RECEBA
INFORMAÇÕES DE TODOS OS LANÇAMENTOS

www.faroeditorial.com.br

Veríssimo

ESTA OBRA FOI IMPRESSA
EM ABRIL DE 2023